二見文庫

隣のとろける未亡人

渡辺やよい

目次

隣のとろける未亡人

プロローグ

「あら窪塚《くぼづか》君、三村《みむら》教授なら午後から会合でお出かけよ」

誠《まこと》が大学のゼミの教授室に入るや否や、助手の佐々木真緒《ささきまお》が黒縁眼鏡を指で押し上げながら、無愛想に声をかけてきた。

「あ、そうでしたっけ？　俺、お借りしてた本を返そうと……」

誠は頬を赤らめてうつむいた。

どうも彼女は苦手だ。

誠はT大工学部の二年生である。

ずっと地元の男子校で勉強ばかりしてきた誠は、女性に対する免疫が弱い。

東京《こちら》に出てきたばかりのときは、都会の女性が皆垢抜けて美人ばかりなのにびびり、恐怖すら覚えたものだ。大学は理系専攻なので、女子の人数が少なく競争率が高い。なぜかあまり冴えない容姿の女子でも、あっという間に彼氏ができてしまう。奥手な上にまだ童貞の誠には、未だ彼女がいないのも当然だった。

「本？　じゃ、私から教授に渡しておくわ」

部屋の奥の助手用の机に向かっていた真緒が、さっと立ち上がった。すらりと上背がある。いつもは白い上っ張りを羽織っていて体形が不明なのだが、今日に限って身体にぴったりしたサマーセーターと膝上丈のグレイのタイトスカート姿で、意外に盛り上がった胸元に思わず視線が釘付けになった。化粧気のない小作りの顔に黒眼鏡、長い黒髪をうなじでゴムで括った素っ気ない容貌。それと裏腹な肉感的な身体に、誠はしきりに咽喉《のど》が渇くのを感じた。

「ほら、なにぼんやりしているのよ、本、出して」

気がつくと目の前に真緒が立って、右手を突き出している。

「あ、すみません——」

慌てて肩にかけていたリュックを下ろし、本を取り出した。差し出そうとして、分厚い本がぽろっと落ちてしまう。

「あ」

「もう」

誠と真緒が一緒に声を上げ、ほぼ同時に床にかがみ込んだ。

ごつん。

鈍い音がして、二人の額がぶつかった。

「つうっ――」

かなりの激痛に呻いて身を起こす。

「いったぁー――」

真緒の悲鳴に顔を向けると、彼女はぶつかった勢いで床にぺたんと尻餅を突き、額を押さえていた。

「ぁ――!」

誠はあやうく大声を出しそうになり、必死で息を呑み込んだ。

両膝が大きく開きスカートが捲れ、その奥が丸見えに――。

ノーパンだった。

思わず二度見してしまう。確かになにも穿いていない。生白い太腿の狭間の、黒々とした恥毛が目に焼き付いてくる。

「ちょっと、気をつけてよ!」

真緒がずれた眼鏡を直してこちらを見上げてきたので、急いで目を逸らす。彼女はスカートの裾を直しながら自分で本を拾い上げた。

「じゃ、お預かりしますから」

もう用事は終わったといわんばかりの声色に、誠はぺこりと頭を下げ、急いでゼミ室を後にした。ひと気の無い廊下を歩きながら、頭の中では先ほどの真緒のスカートの奥の映像がぐるぐる回っている。

(ノーパンってなんなんだ。まさか俺を誘惑しようとして……)

誠は立ち止まって首をぶんぶん振った。それはあり得ない。一年前に三村教授のゼミに参加してから、真緒とまともに会話したことすらないのだ。だが自分より幾つか年上とはいえ、まだ若い女性がうっかりパンティを穿き忘れてくるとは思えない。

(そう言えば、ノーパン健康法というのがあったけど、あれは寝るときにするものだよな――)

つまらぬことを考えているうちに、股間が異様に硬くなってくるのを感じた。やばい、と思っていると、廊下の向こう側から他の学生たちがしゃべりながらやってくる。慌ててそばのトイレに駆け込んだ。

個室に入って便座の上に腰を下ろし、はーっと深いため息をつく。もはや下腹部の疼《うず》きは抑えがたく、すぐさまジーンズとブリーフを膝まで引き下ろした。びん、と音がしそうなほどの勢いでペニスが飛び出し、下腹に着くほど反り返った。

「っ――」

右手で硬く膨れた肉胴を握ると、尻がびくりと浮いた。そういえばここのところゼミの課題を片付けるのに追われ、オナニーもしていなかった。亀頭の先端に先走りの雫《しずく》を溜めた男根を、ゆっくりと扱《しご》き始める。いつもならオナニーのお伴には、ネットの画像などを使うのだが、今日は先ほどの瞼の裏に焼き付いた真緒の股間がある。

「……真緒さん……」

女の名前を小声でつぶやく。一瞬だけだったので、ほの暗い股間の奥までは見られなかった。それが余計に劣情を催す。

(あの奥には、やっぱりぬめぬめした膣があるんだろうか)

あんな愛想の無い研究ばかりしていそうなつんとした容貌で、やっぱりセックスするときにはあられもない声を出すのだろうか。そう思うと、背中がぞくぞく震える。動画や画像では、いくらでもヴァギナを見ることはできたが、生のそれにかなうはずもない。

（うう……モノホンのお〇んことしてぇ、いや、せめて見てえなぁ、あの奥、どうなってるんだろ。真緒さんにもあるんだよなお〇んこ——）

きゅっきゅっと力を込めてイチモツを擦り上げながら、誠はせつない渇望に胸を焦がした。

地方から東京に出てきて、下宿しながら大学に通っている誠には、風俗などに通う余裕はない。東京の家賃はべらぼうに高く、普通のサラリーマンの誠の家庭では、仕送りもかつかつだ。足りない生活費は、家庭教師のバイトをしてまかなっている。ゼミの課題とバイトに追われ、彼女どころではない今日この頃なのだ。

入学した当初は、憧れの東京で可愛い彼女を作り童貞を捨て、セックスしまくるぞ、などと胸を膨らませていたが、現実は厳しい。

（ああエッチしたいぞ……すげぇしたいぞ）

溢れた先走りが手を濡らし、ぐちゅぐちゅと猥雑な音が立った。右手と女性のお〇んこでは、感触が全然違うはずだ。柔らかいのか、温かいのか、深いのか、浅いのか——妄想ばかりが膨らんでいく。先ほどチラ見でも生で女の股間が覗けたことが、この上ない僥倖《ぎょうこう》のようにすら思える。

彼女と額を打ち付けた瞬間、ふわりと花のような甘い香りがした。

（化粧してないのに、女っていい匂いがするものなのか）

そう思った瞬間、熱い快感がぐんぐん迫《せ》り上がってきた。夢中で右手を動かす。

「う――っ」

どくんと先端が震え、びゅるっと生温かい白濁が噴き出す。しばらくオナニーしていなかったためか、自分でも驚くほどの量だった。

「あ、やべ――」

予想外の大量液に、手がべとべとになる。あわててトイレットペーパーを巻き取り、スペルマを拭き取った。公立の大学は予算が潤沢でないのか、安物のトイレットペーパーはぼろぼろとペニスの周りにこびりつく。

「ふぅ……」

気怠い心地好さと、少しばかりの惨めな気持ちを抱え、誠は指で紙くずを取り払った。

第一章　初体験と別れ

翌日、誠は三村教授のゼミに出席した。

真緒にどんな顔をしたらいいのかわからず、おずおずと教室のドアを開いた。すでにゼミの生徒が数人集まり、円形のテーブルに教授を中心に、活発な議論を交わしていた。

「やあ窪塚君、いつも時間前に来る君が遅刻かね」

そっと空いている席に腰を降ろした誠に三村教授が、冗談っぽく注意した。

三村教授は高齢の教授が多い中、まだ五十代と若々しく、いつも少し着崩したスーツ姿が様になっている。頭脳明晰で理路整然とした講義は人気があり、誠も彼のゼミに入れたことが少し自慢である。

「すみません、バイトが遅くなって――」

もごもご言いながら、ちらりと教授の横に腰を下ろしている真緒を見た。今日の彼女は、いつものように白衣をきっちり着込んでいる。そして何食わぬ素振りで、誠には視線もくれない。ただ、その額に小さな冷却シートが張ってある。昨日、誠とぶつかった名残があるにもかかわらず。その薄青色のシートを見たとたん、またもやリアルに彼女の股間の映像が蘇り、誠は人知れず赤面した。

ゼミの内容はほとんど頭に入らず、そそくさと教室を後にした。

食堂でなにか飲もうと階段を降りかけて、昨日真緒に渡した本がきちんと教授のもとに返却されたのか、確かめるのを忘れていたことに気がついた。助手である真緒を疑うわけではないが、当の教授に確認しておいた方がいい。

踵《きびす》を返し、教授室へ向かう。そっとドアをノックしてみたが、返事がない。

(まだ教室の方にいるのかな)

どうしようか躊躇していると、ドア越しにくぐもった声が漏れてくるのが聞こえる。誰かが啜り泣いているような声だ。

誠の胸は高鳴った。

ドアノブをそっと握り、音のしないようにゆっくり開き、顔だけ中へ入れて覗き込む。

部屋の奥の給湯室の辺りでその啜り泣きは聞こえてくる。女性の声だ。そして三村教授の押し殺したような声がした。

「この雌犬め」

ぎくりとした。

それは気さくで生徒に人気のある三村教授の声とも思えない野卑な言葉遣いだ。

「……ぅ、あ、ぁ、許して……」

女の声が甲高くなった。誠はぎくりと耳をそばだてる。啜り泣く声は明らかに真緒のものだったのだ。

じりじりと給湯室へ近づくと、さらに女の切迫した声は高まり、それと同時にぱつんぱつんとなにか肉が打ち当たるような奇妙な音と、荒々しい息づかいも聞こえてくる。

(え？　これって、まさか——？)

心臓がばくばく言いだす。

給湯室はアコーディオンカーテンで仕切られているだけだ。カーテンまで近づき、取っ手に手をかけて数センチだけ引いた。そこから目だけ覗かせる。

(うわっ)

誠は息を吞んだ。

狭い給湯室のガス台に真緒が片脚を乗せるようにして、半ば背中を向けている。白衣が乱れ、セーターとスカートが捲《めく》れ上がり、尻が剝《む》き出しになっている。普段はうなじで束ねている黒髪が解け、背中まで覆っている。いつもかけている黒縁眼鏡は外しているようだ。

彼女の張りのある丸い尻を鷲摑みにして、ズボンを降ろした三村教授が背後から乱暴に女を貫いていた。痩せ形の容姿からは想像もつかない、逞しい臀部だ。

「どうだ？　ここがいいんだろう？　感じるんだろう？」

三村は息を継ぎながら、少し下から突き上げるように腰を打ち付ける。すると真緒が感極まったように、背中を仰け反らす。

「ひぅ、あ、やぁ、だめ、そこ、だめなのぉ……っ」

コシのある艶《あで》やかな髪が、三村の抽送に合わせておどろに乱れる。

(嘘だ……奥さんがいるはずの教授がこんなこと……いや、でも、それより本物のセックスだ——すげぇ)

生の性交を目の前で繰り広げられては、童貞の誠はひとたまりもない。息を詰め、食い入るように二人の痴態を凝視した。特に結合部がどうなっているのか見たくてたまらない。しゃがみながらもう少しだけ、アコーディオンカーテンを引き、顔を突っ込んだ。

（うぉ、意外にでかい——でもずっぽり入ってる）

三村教授のイチモツは禍々《まがまが》しいどす黒さで、肉胴に太い血管が幾つも浮き出て年季を感じさせる。その剛直が、小ぶりだが、まっ白で桃のような形をした尻の狭間にぱっくり開いた赤い秘裂に深々と呑み込まれ、出入りしている。引き抜くたびに、肉棒が女の出す愛液にまみれてぬらぬら不気味に光る。思わずごくりと生唾を飲み込んだ。

三村教授はさらに腰を押し回すようにして、ぐりぐり女の中を掻き回しているようだ。その様がひどく加虐的で、誠の興奮がいや増す。

（わ——あんなふうに腰を使うんだ。彼女のお尻、ちっこいのに……痛々しいな）

「やぁ、そんなにしないで……あ、あ、乱暴に……あぁ……」

悩ましい声を上げ、真緒は必死に両手でガス台の縁にしがみつく。三村は上下にたぷたぷ揺れている乳房を、やにわに背後から乱暴につかみ、ぎゅうぎゅうと揉みしだいた。

「乱暴にされるのがいいんだろう？　優等生面して、ど淫乱だからな」

女の首筋にれろれろと舌を這わし、三村教授が意地悪い声を出す。耳朶の後ろを舐められると、真緒がぶるりと全身を震わせた。

「だめぇ、耳、弱いんだからあ、んぅ、ん、あ、あぁん」

そこがひどく敏感らしい。

「ほら、ここがいいんだろう？　お前の感じるところは全部わかっているんだ」

「も……だめ、は、はぁ、あ、教授……わ、たし、あぁ、も、もうっ……」

真緒が切羽詰まった声を上げ、首をぶるぶる振り立てた。

「イキたいか？」

三村教授が彼女の華奢な首筋に歯を立てながら、さらに腰を繰り出した。女がひいひいと声にならない嬌声を上げる。知的な広い額にきゅっと皺が寄り、半びらきの唇から唾液が糸を引いている。あまりに妖艶な表情だ。

「ん、ふぅん、あぁ、イキたいのぉ、もぅ、イカせてぇ……」

女は身をくねらせて声を引き攣らせる。誠は知らず知らず身を乗り出していた。わずか数メートル先で繰り広げられている痴態の迫力に、自分まで彼女と交わっている錯覚に陥る。当然、股間は痛いほどに張りつめて、場所が場所でなければぺニスを摑み出して、思い切り扱いていただろう。

「ようし」

三村教授はおもむろに真緒の細腰と脚を抱え、繋がったままぐるりと対面にさせた。

「あぁ、ひあ、あ……」

深く内部を抉られたようで、真緒がくるおしげに身悶える。

三村は真緒のほっそりした片脚を抱え上げガス台にその尻を乗せ、向かい合わせの形で仕上げにかかった。

「は、はぁ、あ、い、いい、あ……、来そう……あぁん」

真緒は三村教授の首に両手を回してしがみつき、エクスタシーに駆け上ろうとする。知的な額に快感の皺が寄る。二人の結合部が見えなくなり、誠はもどかし気にさらに身体を前のめりにさせた。その刹那、なにか気配を察したのか、固く瞼を閉じて陶酔した表情を浮かべていた真緒が、ぱっと目を開いたのだ。

「あ——っ」

男の肩越しに、真緒の濡れた視線がまっすぐ誠に絡んできた。眼鏡を外している彼女は、いつもの冷ややかな感じがまったくなく、素顔は意外にあどけなかった。アコーディオンカーテンからほとんど顔を突っ込むようにして覗き込んでいた誠は、驚きのあまり硬直し、真緒の表情も一瞬強ばった。だが次の瞬間、真緒は三村の背中に手を回してさらに引き寄せ、目を閉じた。

「んふぅん、あ、も、イク、あぁ、来てぇ、もう、来てぇ……っ」

「お――ぅ、イクぞ、お、出る、あぁ、出すぞ――っ」

三村の声も切羽詰まる。腰の動きががくがくと小刻みになる。

「はぁあ、あ、あ、イク、イク、ぁ、あああぁあぁぁっ」

真緒がひときわ激し仰け反ったのと同時に、男がびくんと大きく腰を震わす。びくん、びくんと二度、三度、打ち付ける。精を放ったのだ。

「んふぅ、あ、あぁ、あぁあ、あ……」

真緒が満足そうなため息を漏らし、全身の力をゆっくり抜いていく。そうしながらそっと目を開け、まだその場に立ちすくんでいる誠を見つめてきた。

（いかん――）

ぼうっとしていた誠は、弾かれたように正気に返り、まだ二人がびくついて繋がっている間に、出来る限り足音を忍ばせ、しかし全速力で部屋を飛び出した。

ドアをそっと閉め、廊下で大きく息をつく。

「はーっ……」

自分までセックスしたような高揚感と、その迫力に圧倒された疲労感とが、どっと襲ってくる。

（最後の方、彼女にばれてた。どうしよう――）

しかし、三村教授には妻子がいる。要するに彼女とは不倫関係だ。それが公になったら、助手の真緒の立場もまずいことになるはずだ。誠は言いふらしたりするタイプではないが、だからといって見られていることがわかって、平然と最後までことを続けた彼女の真意がわからない。あきらめか、居直りか、それとも自分には三村がついているという安心感なのか。うだうだ考えているうちに、先ほどの二人の激しい絡みが思い出され、いったん縮こまっていたペニスが、むくりと隆起してくる。下腹部がむずむず疼く。

「くそ――」

舌打ちしてトイレに駆け込んだ。

個室に入って蓋を下ろした便器に座ったとたん、あっと声が漏れた。堪えきれず、そのままブリーフの中に射精してしまったのだ。ズボンを降ろす暇もない。

「うー……」

情けない声が漏れてしまう。生温かいスペルマがブリーフに染み込み、欲望を吐き出した心地好さがたちまち、不快なものに変わっていく。

（まいったな――）

便器の上で頭を抱える。

頭の中は、真緒の淫らな肢体のことでいっぱいだった。

翌日。

三村教授のゼミはあったのだが、どうにもばつが悪く、大学に行くことそのものをさぼってしまった。それでなにをしていたかといえば、アパートの自室のベッドに潜り込み、ひたすら真緒の痴態をオカズにオナニーに耽っていた。

自分でも盛りのついた猿みたいだ、と思ったが、してもしても海綿体がむくむく充血してきてしまい、どうしようもないのだ。

それほど、生で見たセックスというか、真緒の身体や表情があまりにも強烈だったのだ。

三村教授の姿に自分を重ね、真緒をめちゃくちゃに突き上げているところを想像すると、劣情がいくらでも湧き上がってくる。

夕方頃、スマホにメールの着信があった。

三村教授からだった。

『今日は欠席で話せなかったがそろそろ卒業論文のテーマを決めたいので、明日の午後二時に教授室に来るように』

用意周到な三村教授は、就職活動が始まる三年生になる前に、卒論のテーマを決めてしまう。早めに決まればそれだけ余裕ができ、時間もあるから論文も質が高くなるというのだ。教授と顔を合わせるのは居心地悪いが、それと卒業は別ものだ。

『わかりました、明日は登校します』

返事を送り、少し我をとり戻した。部屋の中の空気が淀み、自分の精液の匂いが充満しているような気がした。ゴミ箱に山盛りになっている丸めたティッシュも気恥ずかしい。慌ててキッチンの北向きの部屋の窓を開けて、空気を入れ替える。

ちょうどその窓に向き合うように隣家の窓があるが、そちらはぴったり雨戸を閉めてあった。

(なかなか引っ越してこないな)

そんなことをふと考えた。

誠が上京し、都内のこのアパートを借りたとき、隣は建て売り住宅の建築中だった。その前は大きなお屋敷が建っていたらしいが、そこの高齢の住人が亡くなり、相続税を払いきれない遺族が売り払ってしまったという。その後建て売り業者が買い取り、更地にした。そして、真ん中に太い私道を通し、左右に奥に三軒並ぶ形の小さな建て売り住宅が、都合六軒建った。都心に出るのに便利な場所とそこそこ手の出る値段のせいか、六軒ともすぐに売れ、買い手が引っ越してきた。

小学生中学生くらいの子どものいるサラリーマン家庭が多いらしく、主婦の年齢層も同じくらいで話も合うのか、彼女たちが家の前でくっちゃべっている姿を、子どもたちの登下校の際によく見かける。

だが、誠の部屋と向かい合う位置に建っている一軒だけ、売却はされたようだが住民がなかなか引っ越してこないのだった。毎朝歯を磨きながら、なんとなく窓の外をながめるのが習慣になっていた。

翌日、約束の時間通りに教授室のドアをノックした。

いきなりドアが開き、白衣黒眼鏡姿の真緒が立っている。少しどきりとした。

彼女はいつもの平淡な口調で言った。

「待っていたわ、どうぞ入って」

「し、失礼します」

真緒がその場を動かないので、誠は仕方なく彼女の側をすり抜けるようにして中に入る。一瞬ふわりと甘い女の香りがした。

いつも三村教授が座っている机には誰もいない。

「あの――二時ってアポイントもらったはずなんですが」

誠が真緒を振り返ると、いつの間にか彼女が音もなくドアを閉め真後ろにいるので、どきりと心臓が跳ねた。

「教授はいらっしゃらないわ――だってあのメール、私がこっそり教授のスマホから送ったんですもの」

真緒がかすかに口角を上げた。誠はわけがわからず立ち尽くす。

「なぜそんな……？」

真緒が半歩近づく。

「なぜって、見たんでしょ？」

「え？　なにを――」

「とぼけちゃって。私と教授のセックスよ」

誠は蛇に睨まれた蛙のように身動き出来なかった。だからどうしようというのか、彼女の思惑がまったく読めない。

「いや、俺は、なにも……」

「ずっと最後まで見てたくせに」

誠の頭が真っ白になる。やはり真緒は覗いていたことに気がついていたのだ。

「だ、誰にも言いません――」

生真面目に答えると、真緒が薄く笑う。

「いいのよもう――教授がここにいない訳、知ってる？」

「いえ……」

「一年生の女子と、いまごろホテルよ」

誠はどう答えていいかわからなかった。真緒がさらに近づいてくる。甘い香りが鼻腔をくすぐり、誠は背中に冷や汗が流れた。

「私はもう、用済みなの――でも、悔しいじゃない」

彼女はふいに、きっちり止めていた白衣のボタンを外し始めた。すぐに誠は目を見開いた。白衣の中は、全裸だったのだ。白衣より白く眩しい肢体に、顔を引き剝がすようにして目を反らした。声が震える。

「俺、も、もう行っていいですか？」

真緒の白い手が伸びて、誠の下腹部に触れてきた。思わずびくんと腰が浮く。

「何言ってんの。こんなにここ膨らませてるくせに」

細い指先が、ジーンズの股間をつつーっとなぞった。指の軌跡に沿って痺れる快感が走る。誠は額に脂汗が滲むのを感じた。緊張と困惑とは裏腹に、部屋に入り、真緒の甘い匂いを嗅いだ瞬間から、ペニスが恥ずかしいくらいいきり立っていたのだ。

「や、やめてください」

口ではそう言いながらも、彼女を押しのけて部屋を出て行くことができない。

「ね、ここでしよ？」

黒眼鏡越しの目が潤んでいる。

「え？」

誠の心臓が早鐘を打ち、息が上がってしまいそうだった。女性とこんな状況になったのは生まれて初めてで、どう対処していいのか皆目見当がつかないのだ。

「も、も、もっと、自分を大切に、しないと――」

動揺のあまりオヤジ臭いセリフが口から飛び出す。真緒がまじまじとこちらを見つめる。

「あれ？　もしかして、窪塚くん、ドーテー？」

妙に語尾を伸ばして言われ、かあっと赤面してしまう。無言でいたが、肯定しているようなものだ。

「そうなんだ。ごめんね、いきなり」

真緒の口調が柔らかくなる。だが股間に置いた手を上げて、彼女はおもむろにジーンズのボタンを外し、ジッパーを下げてブリーフごと引き下ろした。

「あっ」

あまりの手際のよさに瞬時に対応出来なかった。ほぼ屹立していた男根が剝き出しになり、恥ずかしさに頭がくらくらした。今まで女性に見せたことなどないのだ。だがその羞恥と裏腹に、ペニスはなぜか瞬時に完全勃起した。

「わ、すごい、大きい」

真緒が小さく息を漏らした。誉められて少し緊張が解ける。

「綺麗なピンク色……本当に使ったことないんだね」

真緒のしなやかな指が肉胴に絡んでくる。

「あ、あっ」

初めて女性に昂りを握られ、それだけで下肢が蕩けそうに気持ちいい。自分のごつい手で握るのとは大違いの、しっとりした温かい感触に腰が震えた。

「すごい、先っぽが太くて立派よ」

真緒が感心したような声を漏らし、きゅっと手に力を込めた。

「うわ、あ、だめ……」

それだけで達してしまいそうになり、思わず腰をくねらせた。

「もう先走り汁こんなに流して――敏感なんだ」

真緒がゆっくり手を上下に滑らせ始めた。

「う――ぁ、あ」

あまりの心地よさに堪らず呻いてしまう。女は手慣れた仕草で、脈動する肉茎を擦った。

(うう、なんて気持ちいいんだ、すぐイッちまいそうだ)

うっとり目を伏せ、真緒の手の動きに意識を集中する。あまりに気持ちよくてイッてしまいたいが、もっと長く触れてもらいたい。すぐ終わってしまわないように必死で堪えた。

「うわ、どんどん汁があふれて、べとべとだわ」

真緒が感心したように言い、さらに指に力を込めて扱いてくる。溢れた先走りで、上下にめくれる包皮がにちゅにちゅと恥ずかしい音を立てる。真緒は手を滑らせながら、先走りを噴き出す亀頭の割れ目を指先で擦ったりする。そのたびに鋭い愉悦が走り、腰がびくりと浮く。

「あ、また硬くなった。すごい――でも」

少し手の力を緩め、女が誠の顔を覗き込んだ。

「もっと気持ちよくなりたい?」

「う、ぁ、はい……」

誠は爆発寸前の漲《みなぎ》りを抑えるのが精一杯だ。

「うふ――真っ赤になっちゃって……可愛いのね、君は」

真緒が空いている方の手で黒眼鏡をゆっくり外した。眼鏡がなくなると、三村とのあの日の表情と同じように、婀娜《あだ》っぽくなる。

「口で、してあげるね」

真緒が素早く床に膝を折った。

「え？　そんな……」

もちろん手よりも口でしてもらう方がずっと嬉しいが、フェラチオされるのも初めてで身構えてしまう。彼の緊張を感じたのか、真緒がなだめるように言う。

「大丈夫、まかせて」

剝き出しの股間に、真緒の鼻息が熱くかかり、それだけで達してしまいそうになる。柔らかな唇がそろりと張り切った先端に触れた。

「あぅ……ぅ」

あまりの心地よさに、情けない声が漏れる。

「ふふ、我慢しなくていいのよ」

真緒がちろりと赤い舌を差し出し、亀頭の割れ目をねろねろ舐った。

「あ、あ……」

この世にこんな繊細な動きをするものがあったのだろうか。くすぐったさに甘美な心地よさが混じり、うっとりする。真緒は先端にちゅっと音を立てて口づけすると、おもむろに紅い唇を開いた。うっすらグロスを塗った唇が、艶《つや》っぽく光る。熱くぬるつく口腔に、剛直がゆっくりと吞み込まれていく。と同時に、柔らかな舌が肉胴に押し付けられ絡み付く。

（すげ……ヤバイ、フェラ、気持ちよ過ぎる……っ）

下腹部から脳芯に向けて、劣情が迫り上がる。

「ん……んぅ、んんっ……」

女はくぐもった鼻息を漏らし、ゆっくりと頭を前後に振り立てる。窄《すぼ》めた唇が肉棹を締めつけ、舌が巧みに脈打つ血管や亀頭の括れをなぞり上げ、その多彩な動きに快美感が膨れ上がる。そうしながら、ペニスの根元を支えた指が、きゅっきゅっと頭の動きに合わせて扱いてくる。

（すげぇ、気持ちよすぎて……もう、終わっちまいそう……）

初めての口腔奉仕に、誠はたちまち限界まで追い上げられてしまいそうだ。しかし、少しでも女のフェラチオを味わいたくて、腰をくねらせて寸前で踏みとどまろうとする。

「は……んぅ、ちゅ、ちゅく……ふぅん、ちゅ……」

溢れる先走りと女の唾液が混ざり、泡立ち、甘やかな鼻声とともに卑猥なハーモニーを醸し出す。うっとり半眼で見下ろすと、大きく開いた女の口の中に出たり入ったりする己の欲望が見えた。そして前が開いた白衣から覗くこんもり盛り上がった乳房が、ぷるんぷるんと揺れている。なんと卑猥な眺めだろう。頭の中が煮え立ちそうに興奮が昂る。ふと顔を上げると、ぶ厚い研究書の積み重なった机や、予定を書き込んだホワイトボードなどが目に入る。不謹慎なことをしていると思う。限界を超えそうな熱い切迫感に、誠は情けない声を出す。

「だ……あ、出ちゃいます——もう」

女の頭にそっと手をかけて外そうとすると、彼女がきゅうっと唇に力を込めた。もう尿道のぎりぎりまで熱い白濁が迫ってきて、誠は焦る。

と、ふいに真緒がちゅるんと音を立てて唇を外した。

「あ——」

いきなり刺激が失せ、誠はたたらを踏みそうになる。女は片手でペニスをやんわり握ったまま、濡れた目で見上げてきた。

「こんなに硬くて大きいのに、もう終わっちゃったらもったいないな」

「う、あ……でも……」

追いつめられていた誠は、少しほっとしたような残念なような複雑な気持ちで真緒を見つめた。

「どうしようか？」

誘うように言われても、自分でもどうして欲しいかよくわからない。迷っている誠を尻目に真緒は陰嚢をやわやわと揉んできた。

「あっ、あ」

そんなところにまで快感のツボがあるとは思わなかった。焦らすようなむず痒い快感に、屹立がびくびくと震える。

「窪塚君の初めて、奪っちゃおうかな」

真緒はからかうように言うと、ふいに立ち上がった。そしてそのまま奥のソファまで行くと、さっとそこに仰向けになった。開いた白衣をたくし上げ、彼女がこちらに声をかける。

「来て……」

誠は興奮の極地で頭が蕩けそうだった。

生まれて初めて、生身の女性とセックスできるのだ。この機会を逃すと、もう一生ないかもしれない、などと大袈裟なことを考え、スニーカーとジーンスを脱ぎ捨てると、素早くソファに向かった。

真緒が両膝を立て、大きく開いた格好で待ち受けていた。

黒々とした恥毛とその真下でぱっくり開いた鮮紅色の秘裂を目にしたとたん、あやうく終わってしまうところだった。歯を食いしばって、ソファの上によじ上る。真緒を見下ろす形で呼吸を整える。

「ほ、ほんとに、いいんですか?」

ヤボだとは思いつつも、聞いてしまう。

「うん——ほんとはさ、私、三村への当てつけで君をユーワクしようと思ったんだ——けど」

真緒が感情を込めた眼差しを送ってくる。

「今は窪塚君としたい——エッチしたいって、本気で思う」

その言葉に、きゅんと胸が痛くなった。

それまでただ性欲の対象だった真緒が、にわかに愛おしく思えてきた。心臓がどきどきし、興奮しているだけではなく息がせわしなくなる。

(あ、俺、今惚れた?)

恋愛経験もほとんどないのだが、このときめきはきっと恋の始まりだ、と思った。と同時に、自分が気持ちよくなるだけではなく、彼女にも心地よくなってもらわねば、という使命感のようなものが湧いてくる。

「俺——上手くいかない、かも」

思わず本音を洩らした。すると真緒は慈愛のこもった表情になる。

「大丈夫、私が手伝うよ。二人で、気持ちいいこと、しよ」

「うん」

優しい言葉に瞼の裏がじんとなる。

「じゃ、来て――まずね、おっぱい、舐めて」

誠の頭の奥で、小さな爆弾がぼん、と破裂する。

「い、いいの？」

「うん、好きに舐めていいから」

彼女の乳房はそれほど大きくはないが、仰向けになってもこんもり盛り上がって張りがある。その白い頂きに、つんと尖った小さな淡いピンクの乳首が美味しそうだ。おそるおそる身体を寄せ、すべすべした乳丘に顔を埋めた。ほのかな汗の香りと柔らかな女の体臭。胸いっぱいにその匂いを嗅ぎながら、そっと乳頭を口に含み、ちゅっと吸い上げてみた。

「あっ……ん」

真緒が鼻にかかった声を上げ、ぴくんと身体を震わせた。その反応に気をよくし、ちゅぱちゅぱと音を立てて、交互に左右の乳首を吸い立てた。味などないはずなのに、ほのかに甘いような気がする。すでにこりこりと硬くなっていた乳首が、口の中でさらに芯を持つ。その尖りを舌先で円を描くように転がしてみると、真緒の声がぐんと艶めいたものになった。

「あ、んんう、あ、いい……おっぱい、いい……」

真緒が華奢な身体をくねらせた。感じさせているのだと思うと、セックス出来ることとは別に、しみじみ男のとしての悦びが湧き上がってくる。しかし、余裕のない彼の男性自身は、行きどころを求めてさらにきつく張りつめてくる。その雰囲気を察したのか、真緒が濡れた声でささやいた。

「ね……来て」

「う、うん」

にわかに武者震いがする。ゆっくり上半身を起こし、右手で屹立をあやしながら彼女の下腹部の茂みの辺りを探る。すると真緒が腰をずらして、それとなく位置を誘導してくれた。膨らみきった亀頭が、ぬるっと膣口を擦った。

「あん、そこ、そこよ……」

真緒が甘い声を出す。

（ああとうとう、俺は童貞とおさらばだ——）

女の蜜口はしとどに濡れて熱い。その奥めがけ、雄の張りをゆっくりと押し入れた。折り重なった柔らかな襞が押し広がっていく。

「あぁん、入って、くるぅ……」

真緒が背中を仰け反らせて喘いだ。

(うお、こ、これが生のお○んこの中……)

そろそろと腰を進めながら、誠は感激で胸が熱くなる。想像していたものより、ずっと温かく心地よい。彼女が荒い息をするたびに、淫襞がきゅうっと肉胴を締めつける感触がたまらない。まだ半分くらいしか挿入していないのに、あまりの気持ちよさにそのまま爆発しそうになる。

慌てて首を振り、とにかく根元まで収めようと少し強く押し入れた。ずっぽりと男根が呑み込まれた。

「んあぁ、あ、深い……っ」

真緒が白い喉を反らせて艶かしい声を漏らした。悩ましく眉をきゅっと寄せ、唇を半開きにして喘いでいる。

(――俺のち○ぽが彼女の中に……)

遂に男になれた喜びと快感が全身に広がっていく。

「ああ、全部入ったよ……」

誠は真緒と一体になった感触を、いっとき味わった。陰茎を包み込む熱い媚襞が、かすかにひくひくと蠢いている。それが強くなったり弱くなったり、微妙な刺激を与えてくる。それだけでもはや達してしまいそうだ。

「う、うう、気持ちよすぎて……俺、やばいよ」

誠は歯を食いしばって吐精感に耐えた。少しでも動くと終わってしまいそうで、そんな情けないことはできず、頭の中が煮え立ってくる。

すると真緒の両手がそっと背中に回された。

「いいの、窪塚君、好きに動いていいの」

「だって——俺も……」

「初めてなんでしょ？　それだけで、私嬉しいよ、だから私のほうは気にしないで」

優しいことを言われて緊張がほぐれたのか、急激にオルガスムスの波が迫り上がってきた。

「あっ、く、ダメだ、あ、あぁあっぁあ」

まだろくに動いてもいないのに、膨れ上がったペニスがぶるりと大きく震えた。めくるめく愉悦が下肢から脳芯に走り抜ける。もはや制御することはかなわず、誠はびゅくびゅくと激しく白濁を噴き上げてしまった。

「っ、う、あぁ……っ」

今まで何百回と繰り返してきたオナニーとは比べものにならないほど、心地よい射精だった。びくんびくんと全身が痙攣し、吸いこまれるように最後のひと雫まで真緒の膣中に放出してしまう。

「あ、あん……っ」

誠が腰を振り立てた瞬間、女が小さく喘いできゅうっと膣口を収縮させた。

「はー……」

ため息をついてうっとりと目を閉じ、天国に昇るような絶頂を味わいつつ、一方で、じわりと情けない気持ちが滲み出てくる。

あっという間に一人でイッてしまった。初めてのセックスとはいえ、こんなに簡単に果てるなんて。真緒はさぞ呆れているに違いない。愉悦の波が引いていくにつれ、気持ちが落ち込んでくる。

おそるおそる瞼を開き彼女を見下ろした。

「ご、ごめん……一人でイっちゃって……」

初めての体験が素晴らしかった分、自分の不甲斐なさに涙が出そうになる。

「ううん——気にしないでって言ったでしょ、それに——」

真緒が柔らかく微笑んだ。

「それだけ私の中が気持ちよかったということよね？　ね？」

彼女の気遣いに鼻の奥がつんとなる。

「うん——すごくよかった」

素直に答えると、彼女はにこりと白い歯を見せた。笑うと八重歯が覗き、つんとした表情に一気に愛らしさが加わる。

それを見て、ぴくん、と勢いを失いかけていた誠のペニスが反応した。みるみる強ばりが増してくる。

「あ？」

真緒が敏感にその変化に気がついたようだ。

「すごい——また大きくなってきた」

女がぐっと腰を押し付けてくる。

「再挑戦、しちゃう？」

誠はこくんとうなずいた。このまま終わっては、童貞喪失はしたものの、男としての自信を失いそうだ。一度欲望を放っているので、今度はもう少しコントロール出来る気がした。だが、まだどのように動いていいか、いまいちつかめない。

ＡＶやネットの動画の動きを頭に思い浮かべ、そろそろと腰を引いた。自分の白濁液と女の愛蜜で滑りがよくなっていて、あまり引くとつるんと抜けそうだ。

わずかに腰を引くと、そのままゆっくり戻した。勢いを取り戻した亀頭が、ぐっと奥へ押し入った。

「あ、あんっ」

突き入れたとたん、真緒が甲高い声を上げて仰け反った。誠はびくりとして動きを止めた。初めてのことで、加減がわからない。力を入れ過ぎたのか？

「あ、い、痛かった？」

おろおろして聞くと、真緒が頬を上気させて首を振る。

「ううん、その逆。すごくいい、ね、そのまま動いて」

ほっとして、ぎこちないながらも腰の抽送を繰り返した。

「んん、ん、ふ、んぅ……」

突き上げるたび、女の悩ましい鼻声が上がる。

（感じてくれている……）

女の反応に力を得て、誠は次第にストロークを大きくしていく。亀頭の括れぎりぎりまで引き抜き、一気に最奥まで突き入れる。

「ふぁ、あ、すご……当たるぅ」

真緒が嬌声を昂らせる。なにがどこに当たっているかまだ見当がつかないが、奥が感じやすいらしい。勢いづいてがつがつ腰を打ち付ける。

膣腔の中で、自分が放出した精液が泡立ち、ぐちゅぐちゅと淫猥な音を立て、腰を引くたびに結合部にとろりと溢れてくる。

（ああ、すごくやらしい――それにヒダヒダが擦れてるみたいで、すごく気持ちいい……）

真緒の濡れ襞は、突き入れるとさらに奥へ奥へと引き込むように絡み付き、抜け出ようとすると逃さないとばかりに吸い付いてくる。

「あ、ふん、ん、ぁん、いい、いいわ」

真緒がすらりとした両脚を、誠の背中に絡めてきた。密着度がいっそう増し、互いの粘膜が擦れていっそうに心地よさを深める。

「い、いいの？　これで、いい？」

勝手がわからない誠は、腰を繰り出しながら彼女の反応をしきりに窺った。

「う、んん、そうよ、いい、感じるぅ、感じる……っ」

真緒の身体がしっとり汗ばみ、みだらにのたうつ。いつもの取り澄ました表情が淫らに歪む。唇が半開きになり、濡れ光る舌がちろちろと覗いて艶かしい。

「これがいい？　こう？」

誠は夢中で腰を穿《うが》った。

「あぁん、あん、いい、それ、すごい、いいっ」

真緒は華奢な身体を波打たせ喘いだ。初めてなのに相手を悦ばせていることに、腹の底から熱い自信が湧いてくる気がする。

（もっと感じさせたい）

一度射精しているので、気持ちに少し余裕が出た。抽送しながら、真緒の様子を窺う。同じリズムを繰り返すのではなく、少し浅く入れてみたり次にはずんと深々と抉ってみたり、緩急をつけてみた。

「あぁ、あ、深……っ」

ランダムに与えられる刺激に、真緒が顕著に反応する。挿入に角度をつけ、膣腔のあちこちを突つき回すと、彼女が腰をくねらせて自ら感じやすい部分が当たるような仕草をする。

「んんぅ、ん、そこ、あ、そこが、いいっ」

「ここ？　ここらへんがいいの？　ここ？」

彼女の性感部を探り当て、そこめがけてがむしゃらに腰を打ち付けた。その激しい動きにソファがぎしぎし軋《きし》んだ。

「あぁぁ、あぁぁぁぁあ、あ、あ、や、ぁあっ」

誠の背中に回っていた女の手に、ぎゅっと力がこもる。

さっきは挿入だけでも精一杯だったので、今度こそ彼女を絶頂に追いやりたいと必死に腰を穿つ。

「んぅ、ふぁあん、ん、あぁ、あふぁん、あぁん」

力強いストロークに、真緒は甲高いヨガリ声を上げ続ける。

が、一定の快感は得ているようだが、それ以上に昇り詰めさせることがなかなかできない。なんとか自分より先にイカせたいのだが、そうこうしているうちに、再び自分の方が追いつめられてしまう。

「あ——やば、俺、また——」

思わず腰が引けそうになると、女の両手が首に巻き付きぐっと引き寄せた。汗ばんだ頬と頬が触れ合う。

「いいの……イッて……」

甘い息が耳孔を擽《くすぐ》る。

女の柔らかな唇が、そっと耳朶《みみたぶ》を甘嚙みした。

「あっ、あ――」

その痺れる刺激に、思わず気持ちの張りが緩んだ。

「う――だめ、だ、もう、出るっ」

びくびくと腰が震える。力任せに膣奥に亀頭を押し付けると、目も眩《くら》むような快感が瞼の裏で爆ぜた。

「お――ぉう」

最初の射精より、もっと激烈な快感が全身を駆け巡る。どこにそんな大量に残っていたのかと思うほど、どくどくと熱いスペルマが噴き出した。

「ふぁん、んん、んんん……」

真緒が陶酔した表情できゅっきゅっと膣襞を蠢かす。

「は――」

全てを出し尽くし、ゆっくりと真緒の身体の上に倒れ込んだ。せわしなく息を整えながら、心地よい疲労感を味わう。

「……よかった？」

真緒の手が優しく髪を撫で付けた。

「うん――すごく」

「そう、ならいいわ。君の初めてをよくしてあげられて、嬉しいわ」

誠は感激で胸がいっぱいになる。

「あの――ありがとう」

照れくさそうに言うと、真緒が両手で顔を挟んで自分に向かせた。こんな至近距離で女性と見つめ合ったことなどない誠は、気恥ずかしさに視線が泳いでしまう。

「どういたしまして」

真緒がそっと唇を重ねてきた。ぷにっと柔らかく甘い唇の感触に、気が遠くなりそうだ。考えたら、今まで女性とキスをしたことすらなかったのだ。

小鳥が啄《ついば》むようなキスをうっとり受けていると、わずかに顔を離した真緒がささやく。

「口、開けて」

「え？」

思わず聞き返して知らず知らずのうちに唇が開くと、彼女の熱い舌がするりと口腔に潜り込んできた。

「ん――」

ぬらついた舌先が、歯列をなぞり口蓋を舐《ねぶ》る。

(ああこれがディープキスか――)

本能的に彼女の舌を吸い上げると、

「ふぅ、うふぅん」

と、甘い鼻声で答えてくれる。お返しとばかり、ちゅーっときつく舌を吸われ、くちゅくちゅと舌同士を擦り合わす。

その甘美に、性器の結合とはまた違う快美感を知る。

「ん――真緒、さん――んぅ」

「ん、んんぁ、むんんんぅ」

くぐもった声を漏らしながら、二人は互いの口腔を貪った。唾液を啜り合い、息が止まるほど深いキスを交わす。

(俺はほんとうに男になったんだな)

誠はしみじみと感慨にふけった。

こうして身体を重ねてみると、不思議な情愛のようなものが真緒に対してどんどん湧いてくる。

教授のつんけんしている助手だと思っていたのに、こんなにも優しく童貞を捨てさせてくれるなんて。そのギャップに胸迫るものがあった。

長いキスの果てにようやく唇が離れた。唾液の長い銀の糸がすうっと尾を引き、ぷつんと切れる。

「佐々木さん——俺と、付き合いませんか？」

誠は思わず言っていた。

真緒は切れ長の目に、何とも形容しがたい色を浮かべた。喜びとも哀しみともつかない表情だ。それから彼女はふいに、誠を押しのけるようにして半身を起こした。

「なに、窪塚君、一回寝ただけでもう恋人気分なの？　勘違いしないで」

はっとするほど平淡な声だ。

誠はまじまじと彼女を見た。すでにいつものつんとした真緒の雰囲気をまとい始めている。その急激な態度の変化に、誠はあっけにとられた。

（だって、今の今までセックスしてたのに——あんなにヨガってくせに）

「いや、そ、そうじゃないけど——佐々木さんだって」

教授に捨てられたじゃないか、と口にしかけて慌てて押し黙った。それは言うべきことではないと、誠にもわかる。

黙りこくった誠に、真緒はわずかに表情を緩めた。

「ごめんね——初めての君にきついこと言っちゃって——でもね」

真緒はそのまま立ち上がり、机の上に置いてあった黒眼鏡を取った。眼鏡をかけて振り返った彼女は、もういつもの佐々木助手だ。

「君と寝てみてわかった——私、やっぱりあの人がまだ好きなのよ」

ずきんと失恋のような痛みが胸に走る。あの百戦錬磨の三村教授と、一時間前まで童貞だった自分では、とても勝負にならないのは当然だ。

「俺が、教授のテクにかなわないことなんか、わかってたけど——」

「それは違うよ」

真緒が強い口調で言った。

「女のセックスって、テクとかの問題じゃない。気持ちだよ。心の何かを埋めてくれる気持ちが、欲しいんだよ」

誠にはなにも言い返せなかった。そもそも、激しい恋愛も経験したことのない彼にとっては、女性の心の機微などわかるわけもなかった。

あんなにも素晴らしかった初めてのセックスのあとで、悄然とした気持ちになるとは思わなかった。

うなだれた誠に、真緒が思いもかけず心のこもった声で言った。

「でも、誠君の一途な初めてのセックスはとてもよかったよ。きっと君はいい男になる。君に救われる女性が絶対いるよ。いつか巡り逢うその人のために、こんな私でもお役に立ったんだと思うとさ、少し誇らしいな」

胸を突かれた気がした。

その感情は、ほぼ恋といってよかった。

だが誠の恋は、生まれた瞬間に終わっていた。

(もっと早く彼女に出会っていれば、恋を育てていくこともできたのかもしれないのにな)

甘苦しい気持ちになる。

「あの——初めてがあなたで、よかったです、俺も」

真緒は黙って黒眼鏡を押し上げた。彼女のいつもするその仕草が、意外に色っぽいと改めて気がついた。

童貞喪失と失恋。

ほろ苦い気持ち抱え、アパートに戻ってきたのは夕方だった。

アパートの隣の集合建て売り住宅の前に、小型の引っ越しトラックが止まっていた。

「あ」

運送業者がせっせと荷物を運んでいる。

(最後に残っていた家に、とうとう引っ越してきたんだな)

そう思いながら、ぼんやりとトラックの横を通り過ぎようとした。

そのとき、ドアを開け放した並びの二軒目の家から、一人の女性が小走りで出てきた。

白いTシャツにジーンズという簡素な服装だ。

百六十センチないだろう。ふんわりとした肩下までのセミロングの髪。色白の卵形の顔。黒目がちのぱっちりした瞳。ぷっくりした官能的な唇。ほとんどスッピンで控え目な感じだが、魅力的な美貌だ。すべすべした肌をしていて、年齢がわかりにくい。三十代だろうか。走るリズムに合わせて、Tシャツの胸元を押し上げる膨らみがゆさゆさと揺れる。ぴっちりしたジーンズの太腿や尻は、豊かに成熟している。

「すみません」

少しハスキーなしっとりした声だ。

誠は自分に声をかけられたのかと、思わず立ち止まった。

「その簞笥《たんす》は二階にお願いします」

女が運送業者に向かって言った。

誠はわずかに赤面して、急ぎ足でアパートの門扉をくぐった。

(彼女が、俺の部屋の隣に引っ越してきたんだな)

なぜだか気持ちがざわざわと落ち着かなかった。

第二章　美魔女の誘惑

翌日はたいした授業も無く、三村教授のゼミもないので自主休講にしてしまった。昨日の今日で、大学で万が一真緒と鉢合わせしたら気まずい。

スマホの時計を見るとまだ八時前だ。せっかくなので惰眠を貪ろうと思った。が、ふいにスマホの画面に燃えるゴミの日のお知らせ表示が浮かんだので、慌てて起き上がった。ゴミ収集車は時間に正確で、朝八時を過ぎるとゴミを持っていってくれない。アパートの大家はゴミ出しにはうるさかったので、生真面目な誠はスマホのカレンダーにゴミの日を打ち込んで、時間をきちんと守っていたのだ。

ジャージ姿で半透明のゴミ袋を下げて、アパートの前のゴミ置き場に行く。

ちょうど建て売り住宅に住んでいる主婦の一人が、ゴミ袋を持って出てきた。

「あら、窪塚クン、おはよう」

「あ、おはようございます」

「今日は暑そうねぇ、年々なんだか東京は暑くなるわぁ。地球温暖化ってやつ？」

　女は藤波杏奈《ふじなみあんな》という。

　並びの建て売り住宅に住む主婦たちの、リーダー的存在だ。彼女の家はアパート側の通りに面した位置にある。

　明るい栗色に染めたボブヘア。学生時代バレーボール部だったという彼女は、大柄で声も大きく、グラマラスな肢体をしている。人目を引く派手な目鼻立ちの顔つきで、ちょっとゴミ出しに出るときでも、きちんとスカートを穿いて念入りに化粧しているようだ。

　誠がなぜそんなにも杏奈の情報に詳しいかといえば、こういうゴミ出しや朝晩家の前で出会うと、必ず彼女に話しかけられるからだ。

「学生さん？　お名前は？　私は藤波杏奈っていうの」

「あなた、背が高いわね。なにか運動やってた？　私はね、中学高校とバレーボール部でエースアタッカーだったのよ」

「ねえねえ、私昨日で三十七になっちゃったの。いやねえもう、おばさん街道まっしぐらよ」

誠がたずねもしないのに、ぺらぺら自分のことをしゃべり倒すのだ。人のよい誠は仕方なしに、はあそうですか、と適当に相づちを打つ。そうすると彼女は勢いづいて、ますます四方山《よもやま》話《ばなし》に花を咲かすのだ。

美人でグラマラスな彼女といるのは不快ではないが、話には興味は無い。初めのうちはどうしていいかわからないまま、延々聞いていたのだが、最近は早々に、授業があるとかアルバイトの時間だとか言って逃げることにしている。

「あ、じゃ僕はレポート書くんで――」

軽く会釈して引き上げようとすると、杏奈がふいに、

「そう言えば、そこのおうち、やっと引っ越してきたわねぇ。なんだか奥さん一人だったから、あれっ？　て思ってたらさ――」

誠は思わず足が止まってしまった。昨日かいま見た女の姿が脳裏に浮かんだのだ。

杏奈は妙に秘密めかして、

「なんか、未亡人だっていう話よ。ほんとはここに旦那さんと引っ越してくるは

ずだったのに、亡くなられたとか。お気の毒よねぇ」

（未亡人――）

心臓がどきんと跳ねる。

いつもなら誠から話を振ったりしないのに、思わず聞き返していた。

「なんて人なんですか？」

杏奈は少し怪訝《けげん》そうに誠の顔を見た。だが明るく答える。

「沢木《さわき》さんですって。今日きっと引っ越しのご挨拶に、うちに来るんじゃないかしら。窪塚クンも一緒に挨拶する？　未亡人、気になる？」

意味あり気に顔をのぞきこまれ、誠はぱっと赤面し首を振った。

「い、え。別に、じゃ、もうほんとに行きます」

そそくさとその場に背を向け、二階の自分の部屋に戻った。

（未亡人――）

だから初めて見たとき、どこか寂しげだったのだろうか。杏奈にはああ言ったが、実は気になって仕方ないのだ。

キッチンに行き冷蔵庫から牛乳パックを取り出し、そのまま口をつけてごくごく飲み干す。ふと北向きのキッチンの曇り硝子窓が目に入り、牛乳パックを持ったまま、そっと窓に寄ってわずかに開いてみた。

そこから向かいの建て売り住宅の二階が覗ける。

ちょうど沢木という女性がベランダに出て、竿《さお》掛けにプラスティックの物干し竿をかけようとしているところだった。

今日の彼女は白いシュシュで長い髪を後ろにまとめ、動きやすそうな半袖シャツにジーンズ姿だった。彼女はなかなか竿がかからないらしく、しきりに両手を万歳の格好にしては背伸びしている。そうすると、半袖から真っ白い二の腕が剝き出しになる。意外に肉付きのよい柔らかそうな二の腕だ。

(あの腕に嚙み付いてみたい)

その瞬間、誠は異様な興奮を覚えた。

射し込む朝日の中、咽喉を仰け反らして真剣に仰向いている彼女の表情は、無防備で扇情的だった。

気がつくと股間が昂っている。

誠は牛乳のパックをシンクの上に置くと、窓際に身体を寄せて向かいを凝視した。

やっと物干し竿がかかり、女がほっとしたように額の汗を手の甲で拭う。そんななんでもない仕草に、ぐっと心がつかまれてしまう。彼女は覗かれているのに気づく素振りもなく、今度は洗濯物を干し始めた。

(う——パンティが……)

女性一人で越してきたというからには、洗濯物も女ものだけに違いない。

白い素朴なパンティ、レースの縁飾りのついた白いブラジャー、白いTシャツ、白いタオル——。

微風に乗って洗濯洗剤の甘い香りが窓から流れ込んできた。

「やばい……」

誠はそっとジャージのズボンを下げた。男根ががちがちに漲っている。

昨日、男になったばかりのペニスは心無しか誇らしげに反り返っている。右手で握ってゆっくり扱くと、背中から痺れるような快感が迫り上がってくる。

誠は隣の未亡人から目を離さず、オナニーを始めた。

彼女が腕を上げたり下げたりするたび、大きめの乳房が上下し、まるでこちらを誘っているようだ。全部干し終わると、彼女はベランダの手すりにもたれ、ぼんやりと辺りを眺めている。引っ越してきたばかりの街の風景を見ているのだろうか。

長い睫毛《まつげ》が白い頬に影を落とし、憂いを帯びた美貌に陰影を与えてひどくそそる表情だ。

「ふ――う、ぅ……」

息が荒くなる。

ほつれ毛が女の頬を撫でてそよぐ風情に、思わず右手に力がこもる。女のぷっくりした唇がわずかにほころんで、白い前歯がちらりと覗いている。昨日、真緒にしてもらったフェラチオの感触が蘇る。

(彼女の口に、俺のこのペニスを押し込んだらどんなだろう)

人妻だった彼女は、旦那のものをしゃぶったりしていたのだろうか。あんな虫も殺さないような大人しそうな顔で、平気で吸ったり舐めたりするのか。

「あ、く――」

昨日知った女体のあれこれを隣の未亡人に当てはめて、淫らな妄想に耽る。そうすると、下肢が蕩けそうなほどオナニーが心地好く、止めることができない。

ふっとベランダにもたれていた女が顔を上げ、こちらを見た。

ぎくりとした。

慌てて身をかわした。心臓がばくばくいう。おそらく何気なく視線をさまよわせただけで、こっちの顔は見えていないだろう。それでも一瞬まともに正面から見た女の顔が、あまりに哀愁を帯びていたので心がきゅんとつかまれた。

「っ、あ、だめだ——」

とたんに快感が先端まで迫り上がった。止める術《すべ》もなく、そのまま一気に射精してしまう。

「——っ」

刹那、脳裏に隣の未亡人の柔らかそうな二の腕や盛り上がった胸元がちらつき、腰がびくびくと震えた。

「は——」

右手も股間も白濁液でべとべとになってしまった。仕方なく膝下まで下ろしたジャージを脱いで、手や股間を拭《ぬぐ》う。呼吸を整えつつ、恐る恐る窓の隙間から覗くと、すでに女の姿はベランダにはなかった。

ただ、ひらひらと白い洗濯物が風に揺れていた。

夕方、コンビニにでも行くかとアパートを出ると、杏奈の家のドアが開いていて、玄関口で例の未亡人が挨拶している声が聞こえた。

「この度お隣に引っ越してまいりました、沢木志乃《しの》と申します」

誠は思わず耳をそばだてた。さりげなく歩調を緩め、杏奈の家の前を通る。その際に、ちらりと玄関口を覗いた。

背中をこちらに向け、ちょうど未亡人がぺこりと頭を下げているところだった。彼女はスカートに着替えており、頭を下げた瞬間きゅっと尻が後ろに突き出して、白いスカートからかすかにパンティラインが浮き上がった。誠はそこに目が釘付けになり、足が止まってしまった。

上がりかまちに立って菓子折りを受け取っていた杏奈が彼に気がついて、顔をこちらに向けてきた。誠ははっとして、そそくさと家の前を通り過ぎた。

（さわき、しの、と言ってたな——志乃って書くのかな。クラシカルな名前だけど、彼女にはぴったりだな）

コンビニに入り、なにげなく雑誌コーナーに立つと、意味もなく成人雑誌の棚に目がいってしまう。普段そんな雑誌を手に取ることはない。「人妻天国」というタイトルの成人雑誌が目に入ると、どきりと心臓が高鳴った。

（おかしいぞ、俺。落ちつけ）

急いで飲み物のコーナーに移動する。好みの飲み物を選びながら、誠は頭を振る。なんだか自分が異様に興奮しやすくなっている気がする。

真緒とのセックスが想像以上に素晴らしく、その体験がさらに女性への欲望を高めているのかもしれない。

部屋に戻って冷蔵庫に飲み物をしまい、しばらく考えてから、そっとキッチンの窓を開けてみた。すでに洗濯物は取り込まれていて、窓にはカーテンが下りていた。なにやらがっかりする。


週末は大学に行き、講義を受けた。

午後から三村教授のゼミで、どうしようか少し迷ったものの、卒業論文のこともあるので出ないわけにはいかない。教室に入るまで、真緒に会ったらどんな顔をしたらいいんだろうとあれこれ悩んだ。

だが思い切って教室に入ると、教壇には三村教授一人が座っていた。いつもは彼の横に座り、パソコンや書類をいじっている真緒の姿がなかった。

ほっとすると同時に拍子抜けもした。

ゼミはいつも通り進行し、誠の卒論のテーマもほぼ固まった。

授業が終了しても、人気のある三村教授の周りには何人もの生徒が居残って、いろいろ質問をしている。

こいつらは本当の三村の姿を知らないのだ。誠はしばらく人の輪の後ろに佇んでいたが、ようやく生徒たちがはけ、教授が机の上を片付け出すと躊躇《ためら》いがちに近づいた。

「お、窪塚君も珍しく質問かね」

彼に気がついた三村教授が気さくに声をかけてくる。誠はできるだけさりげなく、あらかじめ考えていた質問をした。三村教授が丁寧に答えると、礼を言ったあとにさりげなく尋ねた。

「あれ、そういえば、助手の彼女は?」

名前まで知らない振りをしたのは、少しわざとらしかったかもしれない。三村教授は一瞬誠を窺うような目つきをしたが、すぐにいつもの快活な調子で答えた。

「ああ佐々木君ね。彼女、急に辞めることになってね」

「え、そうなんですか?」

不意をつかれて声が跳ね上がってしまったが、三村教授は気がつかないようだった。

「うん、なんでも就職先が見つかったとか。ま、僕なんかの助手をしているより、社会に出て働いた方が彼女のためだろうしね」

「――そうですか」

それ以上三村教授の前にいるとぼろが盛大に出そうなので、礼を言ってそのまま教室を出た。

（辞めちゃったなんて――俺のせいなんだろうか）

まだ誠の身体には、真緒の感触がありありと残っているのに、彼女は姿を消してしまった。

（女って、なんかすごいんだな……）

まだよく女性を知らない誠は、あっけにとられるばかりだった。


気が抜けたように家路についた誠は、アパートの近くまで来るとふいに呼び止められた。

「ちょっと、ちょっと、窪塚クン！」

え？　と声のする方を見ると、杏奈が自分の家のドアを大きく開いて、中から手招きしている。

「なんですか？」

「お願い、手伝ってほしいのぉ」

ドア口に近づくと、玄関いっぱいに大きな段ボール箱が置いてある。

「通販でさ、新しいチェスト買ったんだけど、これが重くて」

段ボールをぽんぽん叩いて、杏奈がため息をつく。

「二階に運びたいんだ。旦那が今日は遅くてさ。お願い、男手がないから、窪塚クン、手伝ってよ」

「僕がですか？」

顔見知り程度の自分に、ずいぶん図々しいと思った。すると杏奈は両手を顔の前で合わせて、拝むような格好をする。

「お願い、バイト代払ってもいいから」

「いや、お金もらうほどじゃ——」

そこまで言われると、お人好しの誠には断りがたい。

「わかりました、手伝います」

担いでいたリュックを靴箱の上に乗せ、上着を脱いだ。

「うわぁ、ありがとう！　恩に着るわ」

杏奈が大袈裟に両手を打ち合わせて喜んだ。その仕草が童女のようで、ちょっと可愛いと思ってしまう。

他人の家に入るのには少し遠慮があったが、スニーカーを脱ぐと段ボールを抱え上げた。確かに女性一人で運ぶには、ずっしりと重い。

「大丈夫？　私が反対側持とうか？」

杏奈が気遣わしげに言う。

「だ、大丈夫です。どこに運べば？」

体育会系ではない誠は、早くも腰に負担がかかり始め、一刻も早く運び上げたい。

「あ、こっち、この階段上がって」

杏奈が誘導する。

玄関を上がるとすぐに階段があり、そこを昇る。杏奈が先に立って案内した。

「足元、気をつけてね」

「はい」

両腕に力を込め、顎で箱を支えるようにして一歩一歩階段を上がる。先に昇っていく杏奈は、ぴったりした膝上のデニムスカートを履いていた。階段を上がるたびに、豊かな尻肉がぷるんぷるん揺れる。思わず目を奪われ、誠はあやうく足を踏み外すところだった。ぐらりと体勢を崩した彼に、杏奈が素っ頓狂な声を上げた。

「きゃあ、危ないっ」

とっさに杏奈の両手が誠の手の上に重ねられ、箱を支えた。学生時代バレーボールのエースアタッカーだったと自称するだけあって、大きな掌だ。だが思ったよりしっとりと柔らかい。

「あ、すみません、もう大丈夫です」

誠は箱を抱え直した。

「ううん、一緒に運ぼう」

彼女は重ねた手を離さず、そのまま二人で荷物を運ぶことになった。いつのまにか手にじっとり汗をかいていた。

「この部屋よ」

階段を上がりきると、女は奥のドアが開いている部屋に誘導する。

中に入ると夫婦の寝室らしく、大きなダブルベッドが置いてあった。

「じゃ下ろそう、一、二、三」

かけ声とともにゆっくり箱を床に下ろした。

「ふぅ」

女の手が離れて、ホッとし、思わず大きく息を吐いてしまった。

「ありがとうね。今、冷たい飲み物持ってくるから」

部屋を出て行こうとする杏奈に、誠は慌てて言う。

「あ、おかまいなく、僕、もう帰りますから」

するとドア口から振り返った杏奈が、命令するような口調で言う。

「いいから座ってる。あ、でもついでに荷解きしておいてくれると助かる」

そのまま階下に下りていってしまう。

なんだかいいように使われているな、と思いつつ段ボールを開き、中の物を取り出した。組み立て式のチェストで、ビニール包みのパーツが幾つも出てきた。

「お待たせ」

杏奈が飲み物をのせた盆を持って入ってきた。

彼女はぺたりと床に座ると、盆を置いた。透明なグラスに炭酸の泡がしゅうしゅういっていて涼しげだ。

「いただきます」

咽喉が渇いていた誠は、グラスを取るとごくごく飲んだ。

「うわあ、豪快。若い子はいいわねぇ」

杏奈が感心したように言う。一気に飲み干した誠は、グラスを返そうとしてはっとした。

杏奈は足を崩して横座りの姿勢だった。デニムのスカートが捲れて、むっちりした太腿が露わになっている。今でも運動をしているのか、引き締まった長い脚は小麦色に日焼けしているが、太腿の辺りは色白だ。誠はそちらを見ないようにして、盆にグラスを置いた。

「ご、ごちそうさまでした」

「窪塚クン、育ちがいいのね、今時きちんとした言葉遣いする男の子って、珍しいわ」

杏奈は自分のグラスを両手で持って、一口こくんと飲んだ。大きめの唇に、炭酸の泡が残り、ぷちんと弾けた。

「そんなこと、ないです。うちなんか、田舎のフツーのサラリーマンだし」

「でもえらいわよね、一人で東京で暮らして。バイトもしてるんでしょ？」

「はあ、仕送り少ないですし」

「親孝行よねー。私も窪塚クンみたいな男の子、欲しかったなぁ」

そう言えば、杏奈から子どもの話は聞いたことがない。おしゃべりな彼女だから、いれば子どもの話くらいしたはずだ。

「いや、これからいくらでもお子さんは——」

「もう歳だって。三十七よぉ」

「いやいや、今時は四十過ぎても生む人多いって言うじゃないですか。ほらこの間も、タレントのKが四十二歳で双子を生んだって、ワイドショーなんかで——」

「無理」

ぴしゃりと杏奈が言う。その答えが妙につっけんどんで、思わず口を閉ざした。

彼女はすぐに取り繕うように白い歯を見せた。

「だってさー——妊娠以前の問題だもんね」

「え」

「だからさー、セックスレスだもん、うち」

いきなりあからさまな言葉を使われ、誠はどぎまぎしてしまう。しかも杏奈は足をさらに崩し、股間の奥がチラ見できるほど開いている。赤いパンティだった。

そのいかにも扇情的な色に、かっと下腹部が熱くなる。

このままでは勃起してしまう。

慌てて立ち上がろうとする。

「あの、じゃ僕はこれで――」

さっと女の長い手が伸び、誠の腕をつかんだ。握力が強い。二人で膝立ちの姿勢のまま見つめ合う。大柄で長身の彼女は、ほぼ同じ位置に顔がある。

「待ってよ――」

杏奈の声が低くなる。

「お礼、してないから」

「いいです、そんなの」

「したい」

腕を押さえていた手が、ゆっくり下りてくる。誠は魔法でもかけられたように身動き出来なかった。

さわりと大きな掌がジーンズの股間を撫でた。ぞくりと背中が震え、急激にペニスが硬化する。その顕著な反応を確認したのか、杏奈が濡れた声を出す。

「したいの、させて」

もはやお礼がしたいという声色ではない。まっすぐに見つめてくる目が、妖しく燃えている。茶色味の強い瞳は、ネコ科の獣のようにぎらぎら光っている。誠は、飢えた牝ライオンに対峙している生まれたての子鹿のような気分になった。

だが、気持ちは竦《すく》んでいるはずなのに、股間は異様に昂ってどくんどくん脈動している。

「ほら、君のここだってして欲しいって、言ってるわ」

杏奈は明らかに盛り上がっているジーンズの股間を、軽くきゅっと握った。

「ぅあっ」

布越しでも痺れる快感が走り、情けない呻き声が出た。

「ね、大丈夫、私にまかせて――」

女が性急な声を出し、さっとボタンを外し、ジッパーを引き下ろした。

「だ――」

ブリーフを引き下ろされると、鉄のように熱く硬化したペニスがもろ出しになった。焦って股間を隠そうとするより早く、杏奈の長い指が直に男根を包んだ。

「うわぁ、大きい――すごい、先っぽがこんなに膨らんで――」

杏奈は深いため息をつき、すりすりと肉茎を擦った。

「あ、だめ、です、そんな――」

蕩けそうな心地好さが生まれ、もはや誠は隠すことも逃げることも出来ない。

「ああ綺麗だわ——もしかして、あんまり経験ない？　すごくキレイな色してるもの」

まさかついこの間まで童貞でしたとも言えず、誠は顔を赤らめた。それが答えだと受け止めた杏奈が、嬉しそうに口元をほころばす。

「うふん、いいのよ、これからうんと使えば」

杏奈は甘く鼻を鳴らし、顔を寄せながらペニスを柔らかく扱いてきた。

ちゅっと音を立ててキスをされると、もはや抑制する気力はなかった。思わずこちらから彼女の唇に食らいついた。勢いがつきすぎて、がちっと歯が打ち当たる音がする。だがかまわず、夢中で舌を押し込んで彼女の口腔を掻き回した。

「んんぅ、あ、んんっ」

杏奈がくぐもった声を出す。誠の激しいキスに一瞬驚いたように動きが止まったが、すぐに彼女の舌も呼応してきた。

「ふ……ン、んぅ……んぅ、ぅぅん……」

さすがに熟女の舌の動きは大胆で、彼の舌に絡み付いて擦り合わせてきたかと思うと、ちゅーっと深く吸い上げてくる。その多彩な動きに、たちまち誠は翻弄されてしまう。

しかも彼女は深いキスを交わしながらも、しきりにペニスを扱き上げてくる。先端の割れ目から、ひっきりなしに先走りが溢れ出す。

「……は、はぁ、はっ……」

ふいに顔を引き剥がすように離した杏奈が、綺麗に日焼けした顔にうっすら汗を浮かべて悩ましげにささやく。

「ね、窪塚クンのお○んちん、しゃぶらせて」

返事をする暇もあらばこそ、女は膝立ちしていた誠の股間にひれ伏すように身体を折り曲げ、いきなりぱくりと昂りの先端を咥えてきた。そのままぐいぐいと咽喉奥まで呑み込んでしまう。

「あっ」

あまりの速攻に、誠はされるがままだ。

「んぅ、ふ……ぐ……」

彼女の大きめの口は、誠の灼熱を根元まで呑み込んでしまった。そのままじゅるっと唾液の卑猥な音を立てて吐き出す。温く濡れた粘膜に覆われると、快感の震えが全身に走る。

「ああ、これよ、この感じ……おっきくて太くて熱くて、男の匂いがぷんぷんして……」

両手で根元を支え、杏奈は濡れたペニスに頬ずりした。

「懐かしい……欲しかったの、これがずっと……」

つやつやした頬を擦り付けられ、男根がさらに膨れ上がる。

「しゃぶりにくいわ。仰向けになりなさい」

命令口調に唯々諾々《いいだくだく》と従ってしまう。床に長々と横たわると、すぐさま杏奈はそそり立つ欲望に唇を寄せた。今度はゆっくりと先端を口に含み、あめ玉でも転がすように亀頭を舌でくりくりする。

「う……ふぅ、んん、んむぅ……」

真緒のそれより緩急のつけかたに年季が入っている。鈴口の周りをなぞり、溢れる先走り汁をじゅるっと啜り上げる。陰茎の根元を指で扱きつつ、肉幹を深く呑み込み、浮き出た血管に舌を擦り付ける。口蓋のざらざらが肉胴を刺激し、濡れた舌がカリ下のくびれを擽る。

「あ、気持ちいい――」

思わず本音を漏らす。

「ふ……あふぅ、そう？　よかったぁ」

れろれろと舌を蠢かせながら、杏奈がもごもごと言う。再び咽喉奥まで肉胴を呑み込み、唇を窄めてぎゅっぎゅっと力強く頭を振り立てる。口腔の粘膜がぴっちり包んで、腰が浮きそうに心地よい。

「う、お、お、ぁ、あ」

誠は自分が女のような情けない声を出しているのに気がついたが、あまりの気持ちよさに止めることができないのだ。

「んぅ、んふぅ、ふん、ふぅん」

ちゅばちゅばと卑猥な音を立てて肉棒を咥えていた杏奈が、ふいに誠の顔の上に跨がるような姿勢になった。

スカートが大きく捲れ上がり、むっちりした尻と真っ赤なパンティが剝き出しになる。

「うぁ――」

下から杏奈の股間をもろに見上げる形になり、ナイロンのレースのパンティが深く股間に食い込んでいる様が丸見えだ。布地の少ないパンティの間から、黒々とした恥毛がはみ出していて、卑猥そのものだ。

「んふ、ふ、ね、私のも、舐めて……ねぇ」

フェラチオをしながら、杏奈がぶるぶると腰を振った。

「な、舐める——？」

杏奈が返事代わりに、股間をゆっくり顔の上に下ろしてくる。むうっと蒸れた女の甘酸っぱい体臭が鼻腔を襲う。誠は興奮の極地で、頭がくらくらする。

（な、舐めるって——クンニなんてしたことないのに）

自信はなかったが、本能的に女のアソコを舐めたいという衝動が襲っていた。

赤いパンティの縁に両手の指をかけて、さっと引き下ろす。まるで林檎の皮を剝くように、つるっと白い尻と陰部が露わになった。

「っ——」

初めて目の当たりにする女の性器に目を奪われる。真緒のときは、緊張と気が急いていたので、まともに観察する余裕などなかったのだ。

杏奈が跨がるように両脚を開いているので、秘裂はぱっくりと割れていた。

ぷっくりと盛り上がった大陰唇にまばらに陰毛が生えているのが、ものすごく卑猥だ。濃いピンクの濡れ光る小陰唇がフリルのように波打ち、その奥の膣襞が彼女の呼吸に合わせて淫らにひくついている。と同時に、膣奥からとろとろと愛蜜が溢れてくる。小豆大のクリトリスが、真っ赤に膨れてつんと尖っている。

ひどく猥雑な造形なのに、神秘的だ。

両手でそっと陰唇に触れてみると、

「あん」

甘い鼻息とともに、杏奈がびくんと腰を浮かせた。両指で小陰唇をぐっと押し広げると、ぬらついたサーモンピンク色の膣口が露わになった。誘うようにひくひく蠢《うごめ》いている。誠は荒ぶる獣欲に襲われ、そこにぶちゅっと音を立てて吸い付いた。

「ひ、うぁ、あ……」

杏奈がくぐもった嬌声を漏らす。誠の口腔いっぱいに、生臭いような甘酸っぱいような味が広がる。

(ああ、これがお○んこの味か——水みたいに思ってたけど、ずっと粘っこくて酸味があって……)

初めての淫蜜の味に感動で胸が熱くなる。女性器を味わうという行為に、セックスのステップを一段階昇ったような気持ちがした。興奮がいや増し、ペニスが一段と充血度を増す。

「ん？　ぐぅ、う、ふ……」

深く呑み込んでいた杏奈が、いきなり膨れ上がった男根に驚いたように呻く。

思い切って舌を差し出し、ひくつく膣腔に突き入れて淫蜜を掻き出すようにこじってみる。

「は……んぅ、んん……」

女の豊かな腰がくねくねと悶える。感じているのだ。

溢れる愛蜜と唾液をぴちゃぴちゃと音を立てて泡立たせ、大袈裟に啜り上げる。

くっ、くっと杏奈の尻に力が入り、秘腔が物欲しげに収縮する。

「ああ——美味しいです——杏奈さんのお◯んこ」

熱のこもった声を出し、さらにくちゅくちゅと舐り回す。

「んぁ、あ、はぁ、だめ、あぁん……」

杏奈がペニスから口を離し、せつない声を上げた。少し塩味のあるとろとろした淫蜜が洪水のように溢れ、誠の顔全体をねとねとにする。女陰とはこんなに潤うのかと、改めて驚かされる。

「は、あぁ、いい、あぁ」

喘ぎ声が止められないらしく、杏奈は手でペニスを扱きながら艶かしく乱れた。

夢中で秘裂を舐め回していた誠は、ふと生い茂った陰毛のすぐ下に膨れているクリトリスを、舌先で突ついてみた。

「きゃう、う、あぁあっ」

甲高い悲鳴が上がり、びくんと腰が大きく浮いた。

「やぁ、だめ、そこ、だめ……っ」

明らかに今までと反応が違う。逃げ腰になる尻を両手で引き寄せ、さらにクリトリスを口に含み、ころころと舌で転がした。

「ひ、あ、ああ、あ、やぁ、あ、だめぇ」

杏奈の身体が波打つ。クリトリスは女性の一番感じやすい敏感な器官だと聞いてはいたが、これほど顕著に感じさせるものだとは思わなかった。

「ふ、ん、んぅ、んんっ」

喘いでいた杏奈が、お返しとばかりに再びペニスにむしゃぶりついてきた。肉胴の裏筋に舌を強く押し付け、唇を強く窄めて頭を上下に振り立ててくる。

「う——」

腰の裏がじんと甘く痺れる。彼女は自分だけ感じるのが口惜しいのか、綺麗に整えたボブヘアをざんばらに振り乱し、ディープなフェラチオにいそしむ。火照った口腔が剛直を包み込み、咽喉の奥できつく締めてくる。

（うお、ち○ぽが持ってかれる——すげえ、負けそうだ）

経験値が低い誠は、熟女の本気のフェラチオにはかなわない。

なんとか一矢《いっし》報いようと、芯を持って硬くなったクリトリスを、前歯に挟んで軽く揺さぶってみた。とたんに膣腔から、じゅっと大量の淫蜜が噴き出した。

「ふ、ぐ、ぐ、ぐうぅ……っ」

咽喉奥にペニスを呑み込んだまま、杏奈ががくがくと腰を震わせる。彼女の全身が強ばっている。

（あ？　え？）

誠は嵩にかかって、さらにクリトリスを甘噛みする。びくんびくんと女の全身が痙攣した。その刹那、かぱっと男根を吐き出した杏奈が、背中を仰け反らして根を上げた。

「だ、めぇええええぇっ」

エクスタシーの勢いで力任せに剛直を握りしめられ、痛みが走るほどだった。

花弁がぱくぱくと大きく開閉を繰り返す。

「……あ、はあ……あ、ぁ、イッちゃったぁ……」

次第に女体から力が抜け、どっと全身が汗ばんだ。杏奈ははあはあと息を継ぎながら、熱っぽい目で誠の方を振り返った。普段の気の強いきりっとした表情が緩み、色っぽさが増している。

「クンニされたの、久しぶり……すごくよかったわ」

誠は口の周囲をぬるぬるにしたまま、微笑んだ。

よくわからないうちに、とにかく初めて自力で女性にエクスタシーを感じさせたのだ。喜びと誇りで、胸が沸き立つようだった。

「じゃ、今度はお返しね」

杏奈はくるりとこちらへ向き直ると、誠に跨がったままチェックのシャツのボタンを外した。はらりと前が開き、パンティと同色のハーフカップのブラジャーが覗いた。小玉スイカが二つ並んでるのかと思うほどに、巨乳だ。彼女は片脚だけ上げて器用にパンティを脱いだ。

誠はにわかに緊張が高まり、彼女の動きをどきどきしながら見守った。

「上に乗って、いいかな？」

誠はこくんとうなずいた。

大柄な杏奈にのしかかられると、なんだか犯されているような気分になり、被虐感が妙にスリリングだ。

「うふ、入るかなぁ。お○んちん挿《い》れるの、七年ぶりくらいだもん」

「え、そんなに？」

思わず聞き返してしまい、口を滑らせたかと赤面する。しかし彼女は苦笑いで返した。

「そうよぉ、セカンドバージンってやつ？　こんなおばさんのセカンドバージンでよければ、誠クン、もらってちょうだい」

その自虐的なセリフに、生真面目な誠はちくりと胸が痛んだ。ちょっと強引に誘い込まれたので、こういう火遊びに手慣れているのだと思っていた。

（本当は、思いあまって俺を誘ったのかもしれないな）

そう思うと、なにがなんでも杏奈の期待に応えてやらないと申し訳ないような気がしてきた。

「そんなこと、言わないでください。奥さん、すごく魅力的なのに」

「優しいのね。だから、いいなぁって、思ったんだけど」

杏奈は誠の屹立の根元を片手で支え、腰を持ち上げる。ほころびきった花弁を、膨れた先端がぬるぬると擦る。陰唇が火傷しそうに熱く感じ、誠のペニスが早く入りたいとばかりにぶるっと震えた。

「じゃ、挿れるね」

ゆっくりと女が腰を下ろしてくる。ずるりと亀頭が蜜口に滑り込み、そのまま濡れ襞を押し分けるようにして呑み込まれていく。

「あ、ああ、あ、入ってくぅ……」

女が仰け反り、男根の感触をうっとりと味わうように目を伏せた。

「うお、熱い、熱いです、奥さんのお○んこ――」

若い真緒とはまた違う、こなれた感じの膣襞の締め付けに、誠は低く声を漏らした。

「は、あぁ、あ、おっきいわ……あぁ、入ってく、奥まで……ぇ」

女は誠の胸に両手を起き身体を支え、ずっぽりと根元まで呑み込んだ。

「はあ、あ、全部、入っちゃったぁ……なんか久しぶりで、すごくきつい感じ……」

肩で息をしながら、杏奈は久しぶりの肉幹の感触を心ゆくまで味わっている。

「いい――ですか？」

誠が真剣な声で聞いたので、杏奈はふっと目を開けにこりとした。

「気持ちいいわねぇ、すっごく、ああ、たまんないわぁ」

そう言うや否や、女体がゆっくりと上下に動き始めた。

先端のぎりぎりまで抜くと、一気に最奥まで腰を沈めてくる。

「んぅ、うふぅ、あ、いい、奥、当たって……」

次第に杏奈の動きが奔放になる。腰を下ろすたびに、ぐじゅりと粘膜の打ち当たる淫らな音が響く。むんとした甘酸っぱい牝の匂いが、部屋の中に広がる。

「あ——締まる——」

誠は熟女の熟れ襞の動きに感じ入る。ねっとりと肉胴に絡み付き、じわじわと締めつけてくる感じがたまらなく気持ちいい。

「あ、あん、あぁ、いい、感じる、あぁぁん」

杏奈の動きは次第に早くなり、リズムをつけて上下に腰を打ち付けてきた。

「はぁ、ね、おっぱい、おっぱい、触って……」

言われるまま、鞠のように弾んでいる乳房を両手で摑む。少しとろんと下方を向いている乳房は、搗《つ》きたての餅のように柔らかく、指が深くめり込んだ。

たわわな乳房を掬い上げるように揉みしだき、濃い肉色をした大きめの乳首を指の腹で擦ってやると、杏奈が身体を戦慄《おのの》かせる。

「あ、いい、おっぱい、気持ちいい……っ」

杏奈の動きが多彩になる。上下に打ち付けたり、円を描くように押し回したり、前後にスライドしたり、めまぐるしく動く。熱い膣襞がやわやわと蠢いて、肉幹を締めつける感じが熟練した感じだ。

「は、あ、や、どうしよう……も、イキそう……あぁん」

久しぶりのセックスのせいか、すぐに達しそうな気配だ。それが惜しいのか、やにわに腰の動きが鈍くなる。

そこをすかさず、真下から力任せに腰を跳ね上げる。淫水の弾ける音とともに、膨れた亀頭が子宮口にごつんと当たる感じがした。

「ひううっ、きゃ、あはぁっ」

杏奈が甲高い悲鳴を上げる。

「やぁ、だめ、激しくしないで……だめぇ」

女が首を振り立てたが、かまわず続けざまにずんずんと腰を穿った。誠も快楽を追求するのに必死だった。同時に、凝《しこ》りきった乳首をきゅうっと捻り上げる。

「くはぁ、あぁ、だめだめっ、あぁあっ」

杏奈が切羽詰まった表情で身体をバウンドさせた。

「や、ほんとに、だめ、だめなの……っ」

彼女が両手を誠の胸板に突っ張って、動きを押しとどめようとする。それに逆らって、さらに最奥を突き上げてやった。すると、女がほんのり脂肪の乗った丸みを帯びた下腹を波打たせた。

「だめぇ、出ちゃうからぁ、あ、出ちゃう、あぁぁあっっ」

(え？　なにが出るって？)

獣欲に霞んだ頭の隅で、一瞬思った。その刹那、誠の疑問に答えるように、ざあっと生温かい大量の液体が結合部から噴き出した。あっという間に誠の腰も床も、びしょびしょになった。

(うお、これって、もしかして、潮吹きってやつ？)

言葉を聞いてはいても、実際こんなに溢れてくるものとは思わず、誠は目を丸くする。

「あぁん、いやぁあぁっ」

杏奈が両手で顔を覆った。誠は腰の動きを一旦止め、恥じらう杏奈の姿にひどく感じ入った。

「あの――奥さん、今、潮吹いたんですか？」

「だから、ダメって言ったのにぃ……久しぶりだから、感じ過ぎちゃって……は、恥ずかしい……緩んで……漏れて……」

女がいやいやと赤ん坊のように首を振る。誠は初めて目の当たりにする潮吹きに心臓が震えるほど感動した。

「いいじゃないですか、どんどん感じて、どんどん漏らしてくださいよ」

再び激しく腰を突き上げた。

「きゃ、だめ、も、だめ、やめ……あぁっ」

杏奈が両手を外し、仰け反って腰を小刻みに痙攣させる。

じゅわっと新たな潮が、面白いように溢れてくる。

「く、はぁ、あ、も、イッちゃうからぁ、ああ、イク、あ、イクうっ」

あられもないヨガリ声を上げ、杏奈が下肢を強ばらせた。

「あ、あぁ、あ、あ、はぁ、は……っ」

息を詰め全身を硬直させ、達したようだ。

「はあっ、はっ、はぁ、はぁ……」

かくんと脱力した杏奈の身体がふいに重みを増し、誠の上に倒れかかってきた。

汗ばんだ髪の毛や首筋から、何ともいえない悩ましい甘い香りが立ち昇る。

「イッちゃった……すごくよかった」

杏奈が耳元でささやく。

ちょっとした達成感に晴れがましい気持ちになった。

「でも……キミがまだ終わってないわね」

誠の男性自身は、まだ硬度を保ったまま女の中に収まっていた。もちろん自分も終わりたいが、それより、自分より先に女性を絶頂に追いやったという充足感の方が強かった。

「いえ――僕はもう、これで満足です」

「なに言っているの。若いんだから、いくらでも出したいでしょう」

杏奈がゆっくり身体を起こし、濡れた目で誠を見下ろした。

「どうしたい？　セカンドバージンを奪ってくれたお礼に、好きなことしていいわ」

「え？　う、いや――」

今まで頭の中だけで女性とセックスする妄想を弄んでいたときは、ありとあらゆる淫らな行為を思い描いたのに、いざ生身の女性を前にすると、とても自分の要望を口にすることなどできない。

「いいのよ、言って。正常位？　バック？　それとも立ってする？　アナルに挿れたい？　あ、ちなみにアナルは正真正銘の処女よ」

元来が姉御肌の杏奈は、顔から火が出そうな恥ずかしいセリフをぽんぽん口にする。一度エクスタシーを極め、気持ちが大胆になっているのかもしれない。

「いや、俺——僕は……」

口ごもっていると、杏奈がぱっと閃《ひらめ》いたような表情になる。

「そうね、この際だから後ろのバージンもキミに破ってもらおうかな」

「え、ええっ？」

杏奈は独り合点してうなずく。

「うん、そうしよう。窪塚クン、アナルセックスしたことないよね？」

「あ、はい——」

アナルどころか、お○んこのセックスだってまだ二回目だ。気圧《けお》されている誠に、杏奈が励ますように肩に手を置く。

「大丈夫、私、バレー部で厳しい特訓にも耐えてきたもの。ちょっと痛くても嫌がったりしないわ、それより、なんだか未知の世界へ踏み出すみたいでわくわくするわ」

久々の絶頂でどんどん貪欲になっているようだ。杏奈が腰を浮かす。ずるりと濡れそぼったペニスが抜け出る。今の会話に気後れしたせいか、欲望は半勃ちに萎えている。

(うわ、えらいことになったな。そりゃ、アナルセックスに興味はあるけど、まさかいきなりこんな——)

誠の心中の葛藤などにおかまいなく、杏奈ははだけていた服をさっと脱ぎ、全裸になってしまう。運動をしてきた女性らしい引き締まったメリハリのある身体だ。そこに年齢による幾分の弛みがあって、逆に卑猥だった。

杏奈は誠に背を向け、床に四つん這いになった。

豊かな尻が突き出され、エクスタシーを極めた直後の陰唇は真っ赤に腫れてぱっくり開ききっている。そして、尻の割れ目の奥には肉色のアナルが佇んでいた。

「さ、思い切って挿れて。遠慮しないで」

女は床に顔を着け、両手を後ろに回し自分の尻肉を摑んで左右に押し広げた。

アナルが丸見えになる。

「う——」

誠はごくりと生唾を吞み込んだ。

自分のアナルだってまともに見たことはない。ましてや女性のアナルなんて——。

肉色の窄まりは正に菊のような形で、女の浅い呼吸にあわせてひくひくと蠢いている。ほころんだ秘裂と対照的に、神秘の扉のように閉まっているおちょぼ口を、誠はまじまじ見た。

こんな慎ましい小さな穴に、自分のペニスが入るとはとても思えない。

「お、奥さん無理です——入らない」

誠が自信なく言うと、お尻を付き出したまま杏奈が強い声を出す。

「いいの、挿れて。ここに欲しいんだもの、キミのお○んちん」

そう言って、尻を誘うように振り立てる。

誠はふーっと息を吐いて、身を起こした。

無理ですと口では言ったものの、男根は臍に当たりそうなほど勢いを取り戻していた。

熟女が恥ずかしい格好ですべてを捧げると言っているのだ。

若い誠は目眩《めまい》がするほど興奮していた。それに、アナルセックスができる機会など、これからもそうそうない気がする。

「じゃ、いきますよ」

「うん、ゆっくりよ」

誠は女の尻を摑んで引き寄せた。

まず滑りを良くしようと、蜜口の浅瀬に先端を埋め込んだ。たっぷり濡れているそこは、搔き回すとにちゅにちゅと淫靡な音を立てる。

「あ……ん」

まだ火照っているそこを搔き回され、杏奈が艶声を漏らす。

亀頭がぬるぬるの愛液にまみれた。

そのぬめりを借りて、ひくつく菊門の中心に先端を押し当てる。

「ん……ぁ」

ぐぐっと押すと、女が甘く鼻を鳴らす。閉じ合わさっていた蕾が徐々に開いて、亀頭の先が呑み込まれた。

「あっ、あ、あ」

杏奈が息を詰めた。誠は慌てて動きを止めた。

「痛いですか？」

杏奈が首を振る。

「ううん、なんだか変な感じ。でも、痛いとかじゃなくて、不思議な感覚……」

未知の交合に、彼女の声は震えている。

誠はもう少し先に進めた。膣腔と違い、受け入れるようにはできていないそこは、強く押し返そうとしてくる。その感触が刺激的で、荒々しい獣欲がかき立てられた。

相手が求めているのに、遠慮なんかいるもんか。

そう自分に言い聞かせ、思い切ってぐっと腰を押し出した。すると窄まりの入り口でせめぎあっていた雁首が、つるんと呑み込まれてしまったのだ。

「ひっ、ああ、あっ」

杏奈がびくんと仰け反って悲鳴を上げた。

「うお、きつい——でも、入ったよ」

自分でも驚いた。アナルの中は締めつけるようにきつく、女が息をするたびにぐいぐいと押し戻そうとする。その感触が異様に刺激的で、下肢が痺れるような快感が走る。そのままじりじりと残りの肉胴を納めにかかる。

「あ、あぁ、あ、変よ……あぁ、なんだか、んん、熱くて、あぁ、あ」

杏奈が小刻みに腰を震わせる。

「どんどん入っていくよ、ああすごい、お尻の穴ってこんなに広がるんだ」

誠はついさっきまで小指の先すら入らないように固く閉じていた菊門が、ぴっちり剛直を包んで広がっている様に、変態的な興奮を覚える。

どこまで受け入れるのだろうと思っていたら、ついに根元まできっちり収まってしまった。

「奥さん、すごいよ、全部入っちゃったよ。うお、きつくて、ち○ぽ、ちぎれそうだ」

「あぁ、いやぁん……ああ、やだ、いっぱい……変よぉ、私、変なのぉ」

ヴァギナでの快感とはずいぶんと違うらしく、女はしきりに変だ変だと、呻く。しかしそこには苦痛は感じられない。

「動くから、辛くなったら言って」

誠は声をかけ、ゆっくりと腰を引く。抜け出るときはぎゅーっと押し出される感じがなんともたまらない。

「うあ、あ、やだ、すご……熱い、灼けるぅううっ」

杏奈が身をのたうたせ、獣の咆哮のような凄まじい声を上げた。

（うわ、すげえ反応、まじ、すげぇ）

誠は異様な興奮に包まれた。女の尻たぶをしっかり抱えると、リズミカルに腰を打ち付けた。

「く、はぁ、は、あ、響く……っ、あ、なにこれ……っ……すごい」

甲高いヨガリ声を上げ、杏奈は全身を波打たせる。感じ始めたのか窄まりの中が、濡れてほぐれてくる。滑りのよくなったペニスが、ぐちっぐちっとぐもった猥雑な音をたててアナルにぶち当たるたび、杏奈の嬌声が尻上がりに昂っていく。

「……んぅ、ひ、ぅ、あぁ、すご……あぁあ、あ」

蠕動する菊門の襞がきゅうっときつく肉胴を締めつける。それはやわやわとくるんでくる膣腔とは違い、より攻撃的でこちらも立ち向かわないと、あっという間に持っていかれそうだ。全身で感じているのか、杏奈の秘裂からたらたらと愛蜜が滴り、律動に合わせてひくついている。

「はぁ、あ、ね、あぁ、前……そこも、いじって……」

蜜腔も疼いてたまらないらしく、腰を淫らにくねらせておねだりしてくる。

「わかった」

誠はのしかかるように女の背中にぴったり身を寄せ、抽送を続けながら股間に手を伸ばしどろどろの陰唇を弄った。

「ひぅう、あ、すごい、あぁ、すごすぎる、あぁぁっ」

後孔を抉られつつ蜜腔を指で掻き回され、女がびくびくと全身を引き攣らせた。四肢がぴーんと強ばり、全力でいきんでくる。あまりの力強さに、ペニスが押し出されそうだ。

「うお――すげぇ、奥さん、すごいよ」

貪欲な蜜孔は指をきゅうきゅう引き込み、さらなる悦楽を得ようとしているようだ。

「あ、あぁう、もっと……して、ああ、もっとして……壊して……はぁあん」

杏奈が腰をくねらせ乱れた息の間から声を振り絞る。

「もっと？　もっと、こう？　こう？」

アナルを壊してしまいそうなほど力任せに抉り、びしょ濡れの柔襞をぐちゅぐちゅと掻き回し、さらに包皮から頭をもたげたクリトリスを擦った。

「はひぃ、ひ、あ、すご……あぁ、すごすぎるぅ、あぁ、も、おかしく……っ」

女が全身を戦慄かせた。淫らな襞という襞が収斂《しゅうれん》を繰り返し、誠を巻き込んで高みに昇っていく。

「うぁ、たまらない——俺、もう——もうっ」

　頭が霞むような喜悦に包まれ、もはや誠には堪える気力がない。

「んぅ、あ、イク、イクわ、あ、いい、ああ、イク、イクぅううっ」

　杏奈が狂おしく叫んでびくびくと全身を戦慄かせる。と、同時に誠も煌めくエクスタシーの光に包まれ、思い切りアナルの中に射精した。

「あぁ、ひい、お尻、熱いわ……あぁあ、あ、あ、あぁ、あぁ……っ」

　どくどくと白濁の欲望を吐き出すと、後孔がぎゅうぎゅう締め付けて全てを絞り尽くそうとする。

「はぁ——は」

　一滴残らず出し尽くし、誠は満足げなため息をついた。

「あ……あ、初めてなのにお尻で……イッちゃったぁ……」

　女が身体の強ばりを解いて、しみじみとした声を出す。力が抜けたアナルが、まだかすかにひくつき、その刺激にペニスが内部でひくひく跳ねる。

　そろそろと身体を離す。ずるりと男根が抜け出たあとが、しばしぽっかりと肉胴の大きさに開いたままになり、そこからザーメンがどろりと溢れてくる。

　あまりに卑猥な眺めに、息を潜めて見入ってしまう。菊門は肉色の窄まりを徐々に閉じていく。押し出された白濁が、さらに大量に女の赤い秘裂の方へ滴っていく。

「……ちょっと……じっと見ないでよ」

視線に気がついた杏奈が肩越しに振り返り、軽く睨みつけた。

「あ——すいません、つい」

慌てて目を反らす。杏奈が四つん這いのままベッドヘッドの上のティッシュ箱に手を伸ばし、何枚も引き抜く。背中を向けて股間を拭いながら、しみじみした声を出した。

「——できるもんなのねぇ……なんだか感動した」

アナルセックスのことを言っているのだろうか。

こちらに向き直った杏奈は、まだ陶酔の醒めやらぬ表情で微笑んだ。

「思いきって一歩踏み出すって、大事ね」

そう言うと彼女はやおらかがみ込み、誠の股間に顔を寄せた。そして淫汁と精子にまみれた亀頭を口に含んだ。

「あ——もう」

慌てて身を引こうとしたが、女はそのまま根元まで咥え込み、萎えたペニスを舌で丁重に舐め回した。濡れた舌の感触が、精を吐き出しばかりの気怠い下肢に心地よい。

「ん……ふぅん」

杏奈は甘く鼻を鳴らし、鈴口の割れ目まで舌を這わす。綺麗に舐め上げると、ちゅっと音を立てて肉棒を吐き出し、こちらを見上げた。

「お礼よ——気持ちよくしてくれた」

礼など言われる筋合いはない。アナルバージンまでもらってしまったのだ。

「いや、僕の方こそ——」

再び頭を下げた杏奈は、再びくちゅくちゅと音を立ててペニスを舐め回す。恥ずかしいことに、精を放出したばかりだというのにむくむくと肉茎が膨れてきた。

「あ、もういいです、もう——」

慌てて腰をよじって引こうとすると、杏奈が唇を強めに窄めた。雁首のくびれにじんと甘い痺れが走る。

「う——」

再び欲望が高まってしまい、誠は小さくため息を吐いた。

杏奈は執拗に舌を蠢かし吸い上げ、あっという間にペニスは元通りの硬度を取り戻してきた。

「ん――ふ、すごい、若いわねぇ」

ペニスを吐き出した杏奈が頬を染めてつぶやく。

「これなら、もう一回できそうね」

「や、もう、そんな――」

一応断る振りをしたが、愚息はやる気満々に反り返っている。

「何回でもかまわないわ。夫は遅いって言ったでしょ。今度はベッドでちゃんとやりましょう」

杏奈が目でダブルベッドの方へ促す。

夫婦のベッドの上でその妻とセックスする、その背徳的な行為に誠の脈動が速まる。

「さ、来て」

杏奈が立ち上がって先にベッドに上がり、両脚を開きながら手招きする。

（えぇい、もう野となれ山となれだ）

すでにアナルセックスまで済ませたという事実が、大人しい誠の気持ちをいつになく荒ぶらせた。

誠は着ていたものを全て脱ぐと、ゆっくりとベッドに上がった。

結局その後、ベッドでもう一戦交えた。

さすがに三度目の行為となると余裕もでき、杏奈の手ほどきもあって様々な体位に挑戦した。

妄想の中だけの行為を実戦出来る喜びに、誠は酔いしれた。

夕刻前、精魂尽き果てた態《てい》で佐々木家を後にした。

「また来てね、ＬＩＮＥするわ」

帰り際、誠は杏奈のＬＩＮＥのＩＤを教えられ、連絡はここですることになった。

佐々木家のドアが閉まったとたん、ポケットのスマホにＬＩＮＥの通知音が鳴る。

思わず立ち止まってスマホを検《あらた》めると、

「今日はサイコーに気持ちヨかったよー」

と、杏奈のトークが入っていた。

「早っ」

誠が苦笑いしながら、返事を打とうとしたときだ。

「こんにちは」

ふいに控え目に挨拶された。

ぎくりと顔を上げると、先日越してきた未亡人がこちらに軽く会釈していた。

簡素な白いワンピース姿で、手にはスーパーの白い袋を提げていた。

「あ、ああ、こ、こんにちは――」

焦って口ごもる。女はそのまま誠の前を通り過ぎ、隣の自分の家のドアを開け、姿を消した。

(ええと、彼女。沢木志乃――そうだ、志乃さんだ)

彼女をひどく意識してにわかに緊張が高まり、心臓がドキドキする。

自分が杏奈の家から出てきたところを、彼女は見たに違いない。佐々木家の人間だと思ったのだろうか。それで挨拶したのだろうか。

顔から火が出そうになった。

杏奈とどっぷりセックスしてきた直後の姿を、彼女に見られたくはなかった。

なぜだか、ひどく気恥ずかしかった。

第三章　好色会長夫人

その後、杏奈はたびたびＬＩＮＥで夫の不在の日時を知らせてきた。

熟女の濃厚な身体を知った誠は、すっかり溺れてしまい、誘われるまま何度も佐々木家に出かけていった。

背徳的な行為だと思いつつも、身体を重ねるたびに男としての自信がつくようで、自分が別人に生まれ変わったような気持ちになるのだ。

そうはいっても、日常は相変わらず恋人も出来ず、アルバイトと卒論のテーマ作りに忙殺される日々であった。

たびたび杏奈とセックスするようになってからも、気になる隣の志乃の覗きもやめられない。それどころか、セックスの味を覚えてから、ますます彼女をチラ見しながらオナニーする回数が増えたような気がする。

彼女の寝室は二階の誠の部屋側にあるらしく、夜になるとそこに灯りが点る。誠が夜食を食べながら、曇りガラスの隙間から覗くと、シルエットになった志乃の姿がカーテンを引いた窓越しに見える。

彼女は寝る前にテレビを眺めるらしく、部屋の奥のテレビがちらちらする。バラエティ番組のときには、テレビの中の観客の笑う声などがこちらにも響いてくる。

（ああ今、彼女はどんな格好でテレビを見ているんだろう。パジャマかな、ジャージかな。最近の女の子は、上だけ大きめTシャツで下はパンティって言う子も多いって聞くけど——）

素肌にだぼっとしたTシャツを羽織り、下半身はパンティ一枚という姿を妄想すると、ものすごい勢いでペニスが勃起する。

（なんだろう、この気持ち——）

杏奈にはそれなりの好意を感じる。

だが、隣の志乃とはろくに会話もしたことがないのに、彼女のことを考えるだけで下腹部が痛いくらいに充血してしまう。

セックスとオナニーは別物なのか。

昼間さんざん杏奈と交わった後なのに、夜、隣の女のシルエットをかいま見ただけでとめどない情欲に捕われしまうのだ。

「——町内パトロール？」

誠は水滴の浮いたグラスを手にして、隣で寝そべっている杏奈に聞き返した。

木曜日の午後は大学の授業がない。

だから最近は誠は大抵杏奈の家に出向き、昼間からセックスに耽ることが多かった。立ったままキッチンで繋がったり、シックスナインに耽ったり、セックスのバリエーションも増えた。アナルセックスも毎回するようになった。

その日も、一度目はシャワーを浴びながら、二度目はベッドの上でさんざん身体を繋げた。一服入れようと、杏奈が運んできたキンキンに冷えた発泡酒を飲んでいるときだった。

「そうよぉ。私、ここの町内会の副会長やってるの。商店街のお祭りとか、朝の通学路の旗ふりとか、敬老の慰問だとか、いろいろボランティア活動するのよ」

杏奈がむくりと身体を起こし、誠が手にしてたグラスを奪って一口ごくりと飲んだ。

「あー、美味しい」

口元についた泡を舌で舐めとり、グラスを返しながら彼女は続けた。

「でね、町内会で防犯パトロールをやってるの。近頃は物騒でしょ。朝、昼、夜と時間を分けて、二人一組で町を見回るわけ」

「それを俺がするの？」

めんどくさいな、と思いぞんざいな口調になる。

「だって、町内会って主婦と年寄りばっかりなんだもの。夜のパトロールなんて、女だけで回ったら、逆に危ないじゃない。誠クンみたいな若い男子がいてくれると、心強いんだけどなー」

「うーん……」

いかにも乗り気じゃなという声を漏らす。

杏奈はダッシュボードの上に乗せてあったＡ４サイズのコピー用紙を取り上げ、それを眺めた。どうやら町内パトロールの予定表らしい。

「あなたも一応住人なんだから町内の一人として義務があるといえばあるのよ。今回、お隣の沢木さんが入ったから、彼女と組む人がいなくて。朝は一人で回ってもらってもいいんだけど、夜は無理だし」

誠の耳がぴくりとする。

（沢木って――志乃さんか）

彼女と組める？

思わず声が出た。

「わかったよ。ちょっとなら参加してもいいよ。その、杏奈さんにはいろいろお世話になってるしさ」

杏奈がぱっと顔を上げる。

「あらぁ、嬉しい。じゃ、少しだけ頼んじゃおうかなー。この日とこの日、どこか入れる？」

彼女が差し出した予定表を受け取り、眺めた。

夜九時からの見回り当番の、「沢木」の隣が空欄になっている。

「よ、夜なら逆に時間があるから、行けるかも」

なるべくさりげなく答えた。

「助かるー。じゃ、来週の水曜日と、月末の金曜日、夜九時から、沢木さんと六丁目方面を見回ってよ。三十分くらいだから。異常があるときだけ、私か会長の田中《たなか》さんに連絡入れてくれればいいから」

「うん、わかった」

「決まり。沢木さんには私から連絡しておくから、家、近いし、アパート前で九時前に集合、って感じでね」

「オッケー」

気さくにうなずいたが、内心は脈動が速まり気持ちが舞い上がっていた。

(あの人と二人きりになれる——)

心臓を直にきゅーっと掴まれるようなせつない気持ちがなんなのか、自分ではよくわからなかった。


杏奈の家を辞去して自分のアパートに戻り、早速キッチンに行って窓を小さく開けた。最近は、部屋に帰るとまず、隣の部屋を確認してしまう。

夕方前、向かいのベランダには傾きかけた日が射し込んでいる。少し風が強い日で、窓のカーテンが風に大きく揺れ、部屋の中がちらりとのぞけた。

(ん?)

思わず二度見する。フローリングの床の上に、すらりとした白い脚が無造作に投げ出されていたのだ。

隣の部屋のカーテンが再びふわりと風に浮く。

（あ――）

志乃が床でうたた寝をしていた。

床に散らばった洗濯物に囲まれ、右手に枕のように顔を乗せ、しどけなく寝そべっている。

洗濯物を畳む途中で疲れてうっかり居眠りしてしまったのだろう。紺のセミタイトスカートが捲れ上がり、崩した脚の太腿まで露わになっている。

誠は窓をさらに開き、顔を突き出すようにして目を凝らした。

あまりに無防備で扇情的で、かあっと全身の血が駆け巡る。

（うわ、たまんねえ――）

急いでズボンの前を緩め、硬化したイチモツを握りしめる。

「ふ――」

志乃の寝姿を眺めながら、オナニーを始めてしまう。

（彼女のお○んこはどんなだろう――）

太腿の奥の秘密の部分をあれこれ想像する。杏奈のものは熟知しているが、顔や体形が違うように、きっとお○んこも違うだろう。

と、ふいに女が寝返りを打った。

誠の心中を読んだかのように、両脚がさらに開いて下着のクロッチ部分がちらりとのぞいた。白いパンティに覆われた股間が目に飛び込んでくる。

(うぉ)

距離があるので詳細には見えなかったが、それがかえって劣情を煽った。いきなり海綿体を激流が襲い、どくどくと激しく射精してしまった。

「あー……」

こんなに早く終わってしまうなんて……。情けない気持ちで手や股間をティッシュで拭い、名残惜しく彼女を見やる。まだパンチラのまま微睡《まどろ》んでいる。

とっさに誠はズボンのポケットからスマホを取り出し、志乃に狙いを定めてカメラのシャッターボタンを押していた。カシャンと意外に大きな音が響き、心臓が跳ね上がった。幸い彼女の方までは聞こえなかったらしい。だが誠は念のため窓をそっと閉め、写真を検めた。

最近のスマホのカメラの解像度は高い。遠目だが、舞い上がったカーテンの向こうに無防備に眠っている女の姿が綺麗に写っていた。画面をピンチアウトして拡大すると、むっちりした太腿の奥の白いパンティまでくっきりと写っている。

脈動が速まる。

どんなエロティックなヌード写真より、この写真のほうが何倍もいやらしいと思った。写真の股間をスマホの画面越しにそっと撫でる。それだけで、全身の血が沸き立ち、すぐに股間がむずむずする。やむにやまれず、再び陰茎を握り締め、扱き始めていた。

（やばいな、俺——来週の水曜日、大丈夫かな）

あまりに気持ちが高揚するので、我ながら不安になった。


その水曜日——。

誠は約束の時間よりずっと早くアパートの前に出て、志乃を待ち受けていた。何度も行ったり来たりそわそわし過ぎて、通行人が不審な目で見ながら通り過ぎていく。これからパトロールに出かけるのに、自分の方がいかにも怪しい。

「お待たせしました。窪塚さん？　ですか」

建て売り住宅の共有私道から、急ぎ足で女が出てきた。

「あ、はい。沢木、さん？」

志乃がこくんとうなずいた。

今夜の彼女は長い黒髪をうなじで括り、ジーンズに白いTシャツに白いスニーカーというラフな格好だ。ほんのり薄化粧していて、淡いピンクのルージュがよく似合っている。左腕に「町内会パトロール」と印字された黄色い腕章を巻いていて、それがワンポイントのアクセサリーのように見える。

「腕章、藤波さんから預かってきました。これ、着けてくださいって」

彼女がたすき掛けにしていた布バッグから、腕章を取り出して差し出した。

「あ、すみません」

受け取って自分の腕に巻こうとしたが、緊張しているせいなのか安全ピンが上手くはまらない。

「くそ、すいません、あれ？　あれ？」

手こずっていると、志乃がさっと近づいて安全ピンを止めてくれた。ほっそりした白い指が腕に触れ、背中がぞくんと震える。

「これでいいわ」

「あ、ありがとうございます」

彼女が微笑する。

笑うと寂しげな美貌が、ぱっと花が開いたように艶やかになる。

「じゃ、行きましょうか。藤波さんは五丁目から公園の中を回ってください、とおっしゃってました」

「は、はい」

さっきからしどろもどろだな、と誠は内心苦笑する。

二人は並んで夜道を歩き始めた。

志乃は若い誠に気をつかってか、しきりに話しかけてくる。

「窪塚さん、大学生ですって？　えらいわね、今時こんな地域の活動に参加してくれる若い人なんて、いないのに」

「いや——このぐらいはどうってことないです」

「藤波さん、すこし強引なところがあるから、いくら仲がいいからって、窪塚さんに無理に押し付けたんじゃない？」

誠はぎくりとする。

『仲がいい』という言い方に、なにか含みを感じた。もしかしたら彼女は、頻繁に誠が杏奈の家に出入りしていることを知っているのかもしれない。

窺うように彼女を見下ろす。バレーボール部のアタッカーだった杏奈は背が高く百七十五センチある誠とほぼ同じ身長だが、志乃は自分の肩のあたりまでしかない。彼女は誠の表情に気がつかないようで、柔らかい表情のまま言う。

「若い人は、夜でも飲み会とかデートとかあるでしょ。無理なら断っていいのよ、私一人でもだいじょうぶだし」

「いや、沢木さんみたいな綺麗な人が、一人で夜道を歩く方がよほど危ないです」

思わず語気を強めてしまい、彼女が少し驚いたような顔でこちらを見上げた。

「窪塚さんて、いい人ね」

顔に血が昇る。

それきりしばらく、二人は無言で街路を歩いた。ゆっくり住宅街を抜け、大きな公園に出る。夜の公園は人通りが少なく、ひっそりとしていた。公園の遊歩道を巡りながら、誠は隣にいる女の密やかな息づかいや化粧品の香りに、だんだん不埒な気持ちになってしまう。

「覗きや痴漢に注意しましょう」

ふいに志乃がつぶやいたので、誠は自分のことを言われたのかと、もう少しで跳び上がりそうになった。胸の動悸を抑えながら女の方を見ると、彼女は公園の植え込みの立て看板を読んでいた。

「あ、最近学校帰りの小学生を誘ったりする奴がいるらしいです」

志乃が誠を見上げてふんわり微笑んだ。

「そうか、私みたいな人間でも、こうしてなにかの役に立っているのね、嬉しいわ」

（いやいや、あなたは充分俺の役に立っています）

とは言えず、無言でうなずいた。

公園を三周ほど回ると、志乃が傍らのベンチを指差した。

「そこでひと休みしません？」

二人は並んでベンチに腰掛けた。ベンチの傍には外灯が立っていて、志乃の色白の横顔をほんのり照らしだす。志乃は布バッグから小さな水筒を取り出し、誠に差し出した。

「冷たい麦茶よ、飲みませんか？」

「いえ、それは沢木さんのだから——」

「あら、二人分持ってきたのよ、どうぞ」

彼女は同じような小さな水筒をもうひとつ取り出した。彼女の心配りをありがたく受け取り、ボトルに口を付けると、よく冷えた香ばしい液体が咽喉を潤した。

「美味い」

志乃の方を振り返ると、彼女も顔を仰向けてごくごくと飲んでいる最中だった。瞼を半分閉じて反らした白い喉元が小さく上下し、飲み口に付けたピンク色の唇の端から麦茶が数滴伝い落ちた。その滴が外灯の光に反射してきらりと光った。

誠の全身がぞわっと総毛立った。

濡れた唇にむしゃぶりつきたい衝動を必死で抑えた。手にしていた水筒に口をつけ、ひと息にがぶがぶと麦茶を飲み干す。一気に冷えて、頭にきーんと痛みが走った。

「うー……」

思わずこめかみを押さえてうずくまる。

「大丈夫？　冷やしすぎたかしら」

志乃が気遣わしげに誠の背中を擦った。

柔らかい掌の感触――それが限界だった。

「っ――」

気がつくと志乃の身体をぎゅっと抱きしめていた。

意表をつかれたのか、志乃は両手をだらりと下げて誠の胸の中に抱かれたままだった。

折れそうなほど華奢な身体だった。そのくせ骨ばった感じはまったくなく、どこもかしこも蕩けそうに柔らかい。

若い真緒の固さとも熟した杏奈の弾力とも違う、成熟しているのにどこかに初々しさも残した肉体の感触に、誠は頭がくらくらするほど興奮する。

自分の鼓動が早鐘を打ち、耳孔の奥でうるさいほどにばくばくいう。

「窪塚さん——！」

志乃がか細い声を出し、身を捩《よじ》った。

「あ——」

瞬時に我に返り、ぱっと女の身体を放す。志乃が強ばった表情で、ベンチの端に移動した。

大失態だ——。

不審者の見回りどころか、自分が痴漢同然の行為をはたらいてしまった。

「う、あ、すみません、あの、悪気は——いや、悪意はなくて、その、俺……」

しどろもどろに言いながら立ち上がる。

志乃は青ざめたままうつむいた。

「すみません――！」

謝罪する以外なかった。膝に額がくっつくほど頭を下げた。そのまま下げ続けた。

「――もう、行きましょう」

志乃が小声で言う。

おそるおそる顔を上げると、水筒を片付けた彼女が立ち上がっていた。彼女は視線を合わさないようにして、くるりと背中を向けた。そのまま歩き出す。

誠は黙ってその後をとぼとぼ着いていくしかなかった。

アパートの前まで完全な沈黙だった。

「じゃ、異常なしということで」

志乃が抑揚のない声を出す。

「おやすみなさい」

「お、おやすみなさい……」

誠は悄然と挨拶をした。志乃はそのまままっすぐに家に入っていった。彼女の背中が明らかに強ばっていた。

部屋に戻った誠は、どさりとベッドにうつ伏せに倒れた。激しい自己嫌悪に陥った。

（馬鹿やろう——サイテーだ、俺は）

怒り狂って当然なところを、彼女は冷静に対応してくれた。だが、もう二度と顔を合わすことなどできない。

自分の品性の下劣さを呪う。

（でも、我慢出来なかったんだ——あんまり彼女が儚《はかな》げで色っぽくて——）

起き上がってちらりとキッチンの窓を見た。もう二度と隣を覗くことなどないだろう。

それほど誠は落ち込んでいた。


街の線が色濃くなり、初夏の気配が強く感じられるようになった。季節は爽やかだが、誠の気持ちは沈みがちだった。

杏奈と同衾《どうきん》した誠に、さらに追い打ちをかけるような事態が起こった。

半勃ちまではいくのだが、杏奈がいろいろ手を尽くしてくれても、どうしても完全勃起することができなかったのだ。

「――ごめん、杏奈さん……どうしたんだろう、俺」

全裸のままベッドに仰向けになり、誠は情けないため息をつく。

「――そういう日もあるって。気にしなくていいよ」

杏奈はさばさばした口調で言う。気さくな彼女だから慰めで言っているわけではないだろうが、今まで彼女に対して欲情しなかったことはないので、ひどく申し訳ない気持ちでいっぱいだ。

「今日は来たときから、なんとなーく元気がなかったからねぇ。なんかあった？彼女と喧嘩でもした？」

脳裏に志乃との一件が浮かび、心臓が跳ね上がる。

「か、彼女なんていないです、か、関係ないですっ」

必要以上に声が大きくなる。

「ふふ、わかったわかった。エッチなんていつでもできるって。今日はもうビールでも飲んで、おしまいにしよ。服着たら、下においで」

杏奈はぱっと起き上がると、床に落ちていた服を拾い上げささっと着替えた。

彼女が階下のキッチンへ下りていくと、誠はのろのろと身を起こした。

「はー……」

再びため息をつく。このまま一生勃起しなかったらどうしようなどと、大袈裟なことまで考えてしまった。

着替えてダイニングに入っていくと、ソファに見知らぬ女性が座っていて、はっと足を止めた。

歳の頃は四十路か。たっぷり脂肪の乗った太り肉《じし》の身体をソファにあずけている。ゆったりした締め付けのない真っ赤なニットのワンピース。短く切りそろえた赤みの強い髪、まるまるとした顔に濃いめの化粧を施し、厚い唇に深紅のルージュが迫力がある。太い指に高価そうな宝石が嵌まった指輪を幾つもして、ネイルも派手なデコラティブだ。威張った七面鳥みたいだ、と思う。

入り口で臆している誠に、キッチンから杏奈が声をかけた。

「誠クン、入りなさいよ。こちら、町内会会長の田中さんの奥様。婦人会の会長でもあるの」

入れと言われても、真っ昼間から人妻の家に入り込んでいるところを見られて、どういう顔をして会えばいいんだ。逡巡していると、田中夫人が声をかけてきた。

「あなたでしょ、窪塚クンって。パトロールを引き受けてくれたそうじゃない。今時の若い人にしては立派だって主人も誉めてたわ。私も感心してるのよ」

国民的アニメに出てくる猫型ロボットのような、愛嬌のある声だった。

「え、いや――」

もごもご答えると、田中夫人がさらに手招きした。

「いいからこっちに来なさい。あなたにはこれからもぜひ、この町の発展に一役買ってもらいたいわ」

そんな大袈裟な――と思うが、杏奈も目で促すので仕方なく田中夫人の向かいのソファに腰を下ろした。目の前にすると、どーんと広がった身体はさらに迫力を感じる。

田中夫人は肉に埋もれた細い目で、じろじろと誠を眺める。検査でもされているようで、なんだか緊張する。

「よく見るとなかなかいい男じゃない？　日本男子、って感じ。なんていうの、今流行の塩顔？　さっぱり系でいいわねぇ。うちの旦那なんて目も鼻も口も大きくて、くどいったらないわ」

田中夫人はおしゃべりなのか、聞きもしないことをぺらぺらとしゃべっている。

「誠クン、田中さんのご主人は、R製薬の専務さんなのよ」

お茶を運んできた杏奈が口を挟む。

「──それはすごいですね」

誠は思わず声を出した。

R製薬は日本一のシェアを誇る大企業だ。理科系の学生が就職したい会社のナンバーワンに挙げるくらいの人気がある。

「だからね、田中さんに気に入られておくと、誠クン、今後なにかといいんじゃない？」

杏奈が誠の隣に腰を下ろし、意味ありげに肩に手を置いた。

「え？」

誠は意味がわからずぽかんとする。

すると田中夫人がけらけらと笑いだした。

「やあだ、杏奈ちゃんたらぁ。純情な青年を、悪の道に誘っちゃあだめよ」

杏奈の手がゆっくりと肩から胸元を撫で、下腹部へ下りてきた。それとともにしなだれかかるように身体を押し付けてくる。

「ちょ──杏奈さ──奥さん、なにを……」

田中夫人の目の前での唐突な行為に、誠は驚いて身を引こうとした。しかし、杏奈はさらにぐっと身体を密着させ、濡れた目で見上げてくる。

「ね、さっきの続き、しない？」

そう言うや否や、下腹部に置いていた手がズボンを緩め始める。

「やめてくだ――」

慌てて押し戻そうとすると、

「続けなさい」

田中夫人が高飛車な声で言う。どきりとして彼女の方を見ると、田中夫人がこちらをギラギラした目で凝視していた。その異様な眼差しに、まるで蛇に睨まれた蛙のように身動き出来ないでいた。

その隙に、ズボンの前を開いた杏奈がブリーフを引き下ろして、萎えたままのペニスを取り出しいきなり口に含んだ。

「あっ――だめ」

股間に埋められた杏奈の頭を押し返そうとすると、うなだれた亀頭を咥えてちゅうっと音を立てて吸い上げられた。

「っ――」

くすぐったいような甘い快感が、かすかに背中を走った。女の口腔の中で陰茎がじわりと膨らんだ。その変化を感じたのだろうか、杏奈は唾液をたっぷりなすりつけ、舌の腹で丁重に肉胴をなぞった。

「あ、あ」

快感が下肢に集まってきて、小さなため息が漏れた。

「……ふ、ん、んん……」

杏奈がくぐもった声を漏らし、次第にフェラチオが熱のこもったものになる。

田中夫人の目の前でこんな行為を——と、頭の隅では否定したいのに、異様な興奮が次第に身体を熱くする。杏奈が肉幹を咥えつつ、大きな掌でそっと陰嚢を持ち上げるように撫で擦ると、快美感がどっと襲ってきた。

「ふ——う」

感じ入って杏奈の髪の毛に手を埋め、くしゃくしゃに掻き回す。すると杏奈は唇を窄め、きゅきゅっと力を込めて頭を上下に揺さぶった。

「あ、あぁ、すごいわ、杏奈ちゃんがお○んちんしゃぶってるぅ……」

田中夫人がはあはあと息を荒くした。誠は顎を反らせて女の舌の動きに神経を集中しながら、半眼でちらりと田中夫人を窺った。

見ると、肉付きよい丸顔を上気させ、ニットスーツの上から自分のたわわな乳房を揉みしだいていた。もう片方の手がスカートの中に潜り込み、丸々とした真っ白な太腿が剝き出しになっている。真っ黒なレースのパンティが、下腹部の贅肉に埋もれている。しかも両脚をだらしなく開いているので、薄いレース越しに秘裂が丸見えだ。何と、田中夫人は陰毛を綺麗に剃り上げていて、陰部はつるつるだった。

(う——すげえ)

パイパンというものを生まれて初めて見た誠は、劣情がにわかに高まった。相撲取りのような体形の田中夫人だが、肌の艶は綺麗だ。透けたパンティからぱっくりハート形に開いた陰唇が見える。そこをむっちりとした夫人自身の指が弄っている。黒いレースは濡れて染みが出来ている。

「んあぁ、あ、感じちゃうわぁ、あぁ……」

田中夫人が独特のアニメ声で喘ぐと、でっぷり太った彼女の体形とのアンバランスさが際立ち、妙に卑猥だ。

うっかり田中夫人のオナニーに見惚れていた誠に、股間からわずかに顔を上げた杏奈がささやいた。

「うふ——すっかり元気になったじゃない、誠クン。田中さんの見たら新鮮だった?」

誠は慌てて彼女の方に顔を向ける。

「いえ」

杏奈は手でくちゅくちゅとそそり立つ肉茎を扱きつつ、ふふっと微笑む。

「いいのよ、彼女、人のセックス見るのも自分の行為を見られるのも、大好きなの。私もよく田中さんの前でオナニーさせられたわ」

誠は目を丸くする。

「いやぁん……言っちゃだめよぉ、杏奈ちゃんてばぁ……」

股間を弄りながら、田中夫人が甘えた声を出す。

誠は唖然とした。いったいこの二人はどういう関係なのだろう。誠の内心を見すかしたかのように、杏奈がペニスをにぎったまま上体を寄せて、ささやいた。

「彼女、バイセクシャルなの。女でも男でも気に入られたら、そりゃもう面倒見いいから」

誠は杏奈の熱っぽい目を見つめた。巨漢の田中夫人と大柄な杏奈がレズビアンな行為に耽っているところを想像し、その迫力に圧倒されそうになる。

「夫人にもっと見せつけてやりましょうよ、その方が悦ぶから」

杏奈は誠の膝に跨がると、両手を交差させてぱっとシャツを脱いだ。ハーフカップの赤いブラジャーに包まれて、ぶるんと大振りの乳房が揺れる。彼女はスカートとパンティを素早く脱ぎ捨てた。

「ね、キスして」

杏奈が顔を寄せてくる。

誠はもはや破れかぶれの心境で、その唇にむしゃぶりついた。

舌を絡めつつ、ブラジャーを押し上げ乳房に触れると、汗ばんでいた肌が掌に吸い付いてくる。つんと尖った乳首をくりくり摘み上げると、キスで塞がれた女の唇からくぐもった喘ぎ声がひっきりなしに漏れてきた。

「ふ……んぅ、んん……」

深いキスを交わしながら、ちらちらと向かいの田中夫人を気にする。

彼女はニットの上衣を捲り上げパンティとペアの巨大なブラジャーをずらし、小玉スイカのような乳房を剝き出しにして弄っていた。もはや巨乳の域を軽く越えている。肉色の乳輪も乳首も杏奈よりふた回りほども大きめだ。

パンティも脱ぎ捨てていて、大ぶりの花弁は色が濃く、むっちり太い指がぬめぬめ光る粘膜をこちらに押し開いている。真っ赤に充血した濡れ襞がひくひく開閉を繰り返しており、どこもかしこも大振りな田中夫人は、ほころんだ秘裂の上部に佇むクリトリスも大豆ほどに膨らんでいた。

（女の人って、それぞれこんなに違うんだ――）

誠は感動すら覚える。

それとともに、脳裏にちらりと志乃の面影が浮かんだ。彼女の裸体はどうなっているんだろう――。

「こら、夫人にばかり見惚れない」

キスが一瞬上の空になり、唇を離した杏奈が小声で叱りつける。

「ご、ごめん」

「うふ、でも迫力よね、田中さん。私も初めて彼女とエッチしたとき、あんまりおっぱいが大きいから、びっくりしたもの」

彼女は乳房に置いた誠の手に自分の手を重ね、促すようにした。

「でも、私だって感度いいんだから」

そのまま誠をゆっくりソファの上に押し倒す。

「今度はちゃんと出来そうね、挿れていい？」

馬乗りになって言う。

「うん」

誠は杏奈の腰を抱えた。

屹立の根元に片手を添え、杏奈は田中夫人へ声をかける。

「田中さん、今から誠クンのお○んちん、挿れちゃうわよぉ」

「あ、あぁ、待って待ってぇ――」

田中夫人は巨体を揺すって立ち上がり、はだけた格好のままソファに近づいてくる。

「見せて、ね、二人のエッチ見たいの」

ソファの真横に巨大な尻をぺたりと付け、田中夫人がオナニーの続きを始める。近くで見ると、全身の脂肪が揺れて壮観だ。

「ん、挿れるわ、ね……んんぅ」

濡れそぼった蜜口に硬い先端を押し当て、杏奈がゆっくり腰を沈めてくる。慣れ親しんだ膣襞がぐにゅっと押し広がり、肉胴を包んでくる。

「は、あ、入る……ぅ、あ、あぁん」

先ほどはとうとう挿入に至らなかったので、口ではいいのよとは言っていたが、やはり情欲が溜まっていたのだろう。杏奈は満面に喜色を浮かべ、甘く喘いだ。

「あ、ああ、入ってく、堅くて大きなお○んちんが、杏奈ちゃんのお○んこにぃ」

田中夫人が細い目を見開き、結合部に視線を釘付けにする。ここまであからさまに見られていると、もはや羞恥よりはもっと見せてやりたいという加虐的な欲求が高まった。

ぎゅっと強く杏奈の腰を引きつけると、力任せに下から突き上げた。

「ひぅ、あ、あぁうっ」

凄まじい衝撃に、杏奈は悲鳴のような嬌声を上げた。

「やぁん、すごい声、気持ちいいの？　杏奈ちゃん」

田中夫人は肉厚の陰唇を掻き分け、ぐちゅぐちゅと掻き混ぜながら昂《たかぶ》った声を出す。

「ふぁ、あ、すご……激し……あぁ、いい、気持ちいいのぉ」

ずんずんと続けざまに腰を打ち付けると、杏奈が背中を仰け反らせて甘く呻いた。田中夫人に見られているという変態的な状況に、彼女もひどく興奮の態で、いつもより淫襞の吸引力が強い。

「う――杏奈さんも、お○んこ、すげぇ――」

低く呻くと、田中夫人がせつなげにため息を漏らす。

「やぁあん、杏奈ちゃんのお〇んこ、気持ちよさそぉ。ずるい、ずるいわぁ」

悔しげに顔を歪めながら、彼女は熟れた肉体をぶるぶると震わせた。彼女の股間から、強烈な乳製品のような酸っぱい匂いが溢れてくる。杏奈より体臭が強そうで、その強烈な匂いが部屋中に満ちてくる。

「ん、はぁ、あ、もっと突いて、奥、あぁ、そこ、そこ……っ」

杏奈は夢中になって腰をくねらせる。明らかにいつもより感じ方が早い上に激しい。下から見上げた彼女は、豊かな乳房をたぷたぷと上下に揺らして、陶酔しきった表情だ。

「んもう、私、我慢出来ないわぁ」

田中夫人がふん、と荒く鼻を鳴らした。

彼女の巨体がソファにずりあがってくる。その重みに、ソファがぎしりと軋んだ。そして肘掛けに両手をかけ、背中を向けたまま四つん這いになる。

「ね、舐めて。誠クン、お願いよぉ」

搗きたての鏡餅のような白い巨尻が、ゆっくり顔面に下りてくる。

熱をもってふつふつ煮え立っていそうなパイパンの陰部が、頭上に迫る。ぷんとチーズ臭い匂いが鼻腔を満たす。むせ返る獣欲の香りに、頭がくらくらした。

ぱっかり開いた牝腔は真っ赤に充血し、ぬら光ってひくひく誘う。呑み込まれそうなほど迫力がある。だがここでびびっては男がすたる。

誠は、さらに濃厚な匂いを撒き散らす秘苑に唇を寄せた。

「ひあぁ、あぁぁっ」

田中夫人がぶるんと肉付きのよい尻を浮かせた。

溢れる女汁はねっとり濃く、かすかに塩っぱい。その淫蜜を、じゅるじゅると音を立てて啜り上げた。永久脱毛でもしているのか、完全につるつるの陰唇は口当たりがなめらかだ。

「ふぁうん、あ、気持ち、好いわぁ」

脂肪のたっぷり乗った太腿がたぷたぷ揺れて、誠の顔に当たる。

「あぁ、あ、田中さん、気持ち好いのね。お○んこ誠クンに舐めてもらって、気持ち好いの?」

下肢では腰を上下に振り立てて、杏奈が息を弾ませている。

誠はとめどなく溢れる牝汁を、陰唇の中で攪拌しては飲み下した。肉厚の大陰唇を舌でべろべろと舐め回し、膣腔の奥へ舌先を差し入れて、ドリルのように回して抉った。

「あぁん、あ、気持ち好いのぉ、あぁ、舐めて、もっと……あぁ、クリちゃんも、舐めてぇ……」

アニメ声の嬌声を上げて、田中夫人はさらにぐっと太い尻を押しつけた。

「お——」

窒息しそうなほど陰部を顔に押し付けられ、誠は夢中でクリトリスに吸い付いた。大豆ほどもある大きめのクリトリスは、口に含むとこりこりと凝っている。ためらうことなく、腫れ上がったそこを思い切り吸い上げた。

「あきゃ、く、くううぅぅぅぅうっ」

田中夫人が仰け反って悲鳴を上げ、巨尻をがくがく痙攣させる。その感じ方の激しさに、ソファがぎしぎし軋んだ。

「ああ、あ、田中さん、もうイッちゃってる……あぁ、いやらしいわ、あぁ、すごくいやらしい……」

杏奈の膣内もきゅうきゅう収斂を繰り返し、肉茎をきつく追い上げてくる。

「あぁあ、クリちゃんいいっ、あぁ、嚙んでぇ、そこ嚙んでぇ、痛くしてぇ」

感極まった田中夫人が、ぎゅうぎゅう尻肉を顔面に押し付けてくる。

誠の中に加虐の心が芽生え、乞われるままにこりっとクリトリスに歯を立てた。

「くはぁ、あぁ、やぁあ、いいいぃいぃ」

全身の肉をぶるぶる震わせ、田中夫人が絶頂の雄叫びを上げる。あまりの反応のすごさに、ペニスの興奮度もぐんと上がり、杏奈の中でびくんびくんと小躍りした。

「あ、あぁ、あ、すご……私も、あぁ、も、イク……っ」

膣腔がきつく締まり、杏奈が全身でいきんだ。

「っ――」

亀頭が奥へ吸い込まれそうな締め付けに、陰嚢がぐぐっと持ち上がり一気に快感が駆け上がってきた。鈴口からどっと大量の白濁が噴き出す。

「イクう、あぁ、あ、ああ、あぁああっ」

「あ、杏奈ちゃん、あぁ、あぁあ」

ふいに頭上で女同士が顔を寄せ合い、唇を貪り合った。甘美な陶酔の中、誠は二人の様子をぼんやりと見上げていた。

その後は杏奈に呼び出されて家に赴くと、大抵田中夫人も待ち受けていて、淫靡な３Ｐプレイになることが多かった。

三人でくんずほぐれつ絡み合ったり、二人でプレイしているのを見ながら残りの一人はオナニーしたり、様々な痴態を堪能した。

田中夫人は誠をすっかり気に入り、

「卒業したら、夫の会社に来なさいよ。私が口利きしてあげるから」

などと言い出した。

誠は心のどこかでしめた、と思った。先輩たちから就職活動の過酷さを聞かされていたので、本当に内定を確保できるならそれに越したことはない。

「今度は、一人で私の家にも来てちょうだいね」

田中夫人は杏奈に内緒で、自分のメルアドを誠に教えた。


連日の真夏日で、東京は灼けつくように暑い。

志乃との町内パトロールの日が来た。

先日の出来事で、さすがに彼女は断ってくるだろうと覚悟していたのだが、パトロールの変更の連絡は来なかった。

(どうしよう、志乃さんは来るのだろうか)

半信半疑で夜九時前にアパート前で待っていると、前回と同じような服装で志乃が現れた。

彼女の姿を見たとたん、誠の脈動が速まる。

「今晩は」

志乃は硬い表情だが挨拶をしてきた。

「あ、今晩は——」

やはり怒っているのだろうと、誠は気持ちが落ち込む。

二人は無言で夜の街を歩き出した。

なんとか志乃に先日の行為を謝罪したいと思ったが、彼女は強ばった表情のままっすぐ前を向いて歩いていて、声をかける切っ掛けがつかめない。

公園をひと回りして出口まで来ると、一瞬志乃の足が止まった。誠はもう沈黙に耐えきれず、思い切って言葉を発した。

「あの——沢木さん、僕、この間——」

「窪塚さんに言いたいことがあるんだけれど、いいかしら」

ふいに誠の言葉を遮って、志乃が強ばった声で言う。

「あ、はい——」

志乃はくるりと振り向いて、誠をまっすぐに見た。その黒目がちの綺麗な瞳に見つめられると、それだけで体温が急上昇する。

「あなた、昼間、お隣の藤波さんのおうちに頻繁に出入りしているでしょう」

ぎくりと身が竦んだ。彼女は気がついていたのだ。

考えれば、彼女は杏奈の家と並びに住んでいるのだ。気づかないはずがない。

青ざめて志乃の顔を窺う。彼女は少し怒りを含んだ表情で見返してくる。

「あなたがそこでなにをしているのかは知らないわ。でも、藤波さんは旦那さんのいる奥さんよ。あまり誉められたことではないと思うわ」

怒っていても彼女は美しいな――と、誠は場違いなことを思った。

「私ね、最初あなたに会ったとき、真面目で立派な学生さんだな、って思ったのよ。一人で東京で暮らして、アルバイトをしながら学校に通い、町内会の行事も引き受けてくれて――」

誠はうなだれた。

志乃が、自分に好印象を持ってくれていたのが嬉しかった。だがそれを、自分から粉々に打ち砕いてしまったのだ。

彼女はわずかに口調を柔らかくした。

「ご実家のご両親のことを考えて。ちゃんと勉強して」

ひと言も返せない。彼女の言うことは真っ当で、淫らなセックスに溺れている自分がひどく恥ずかしかった。

「──はい」

殊勝に返事をすると、ふっと志乃が肩の力を抜くのを感じた。

「ごめんなさい、えらそうなこと言って。わかってくれて嬉しいわ。あなたは私なんかと違ってまだ若くて、前途洋々だものね」

「そんな──沢木さんだってまだ全然お若いですよ。綺麗だし」

思わずむきになって言い返すと、彼女は儚げに微笑んだ。

「ありがとう。お世辞でも嬉しいわ」

なぜそんな寂しそうに笑うのだろうと、誠は胸が掻きむしられる思いだった。未亡人だからと、女盛りで人生を諦めきったように振る舞う彼女が歯がゆい。だが今の自分にはなにも言う資格はない。

「さ、じゃ、もうそろそろ戻りましょう。今夜も異常なしね」

話を打ち切るように、志乃が歩きだした。誠は一歩遅れてその後についた。

スリムジーンズに包まれた彼女の尻が、歩くたびにきゅっきゅっと揺れ、誠は触れてみたいという劣情を必死で抑えた。

田中夫人の家は町内の高台にあり、百坪はあろうかという広い敷地にモダンな三階建ての屋敷が建てられていた。

立派な門構えに圧倒され、遠慮しいしいインターフォンを押す。すぐに夫人がオートロックを解除してくれ、柵が自動的に左右に開いた。

玄関は吹き抜けで、アーチ状になった高い天井からクリスタルの豪華なシャンデリアが下がり、目が眩む。

「誠クン、よく来てくれたわねぇ」

凝ったデザインの螺旋階段から田中夫人が下りてくる。ゆったりした極彩色のロングドレスに身を包んだ夫人は、まるで舞台のオペラ歌手のようにゴージャスだ。

「今、家政婦も用事に出したから、さ、上がってよ」

むんずと袖を摑まれ、引きずられるように螺旋階段を上がった。

案内された部屋には天蓋付きの広いベッドがあり、ふかふかの絨毯が床一面を覆い、なにやら高価そうな外国の絵画がぎっしり壁に飾られ、どこぞの王室の寝室かと見違える。

「ね、来て」

ベッドにずしりと腰を下ろした夫人が手招きする。

誠は部屋の入り口に立ち尽くし、何度も頭の中で練習してきた言葉を口にした。

「すみません、田中さん。僕、お詫びに来たんです」

「え？　やぶからぼうに、なに？」

夫人がかすかに眉をひそめる。誠は息をひとつ吸うと、一気に言った。

「奥さんのこと、嫌いじゃないです。でも、僕は打算であなたと付き合っていました。R製薬に就職できるって言われて、意地汚くなりました」

夫人が細い目をぱちぱちさせた。

「いいじゃない、それで。私は気持ちよくさせてもらえて、あなたは内定を手にする、ウィン—ウィンよ」

誠は首を振った。確かにそうかもしれない。だが、志乃に叱られたことがひどくこたえていた。

「それでも——やっぱりいけないと思うんです。俺、身体を売って自分の未来を買うようなことに、気が引けるんです——だから、もう今日でやめにしようと」

気の強い田中夫人のことだから、怒鳴り散らされるかもしれないと覚悟していた。あなたこそ私の身体を弄んだのだ——と罵倒されそうで。

田中夫人はしばらく黙ってこちらを見ていた。

「生真面目ねぇ……」

彼女は深いため息をついた。

「今時の若い人って、もっと軽くて図々しいのかと思ってたのに——」

「すみません」

誠は頭を下げた。

夫人の声は思いのほか柔らかだった。

「謝られると、こっちが申し訳ないわ。こんなデブのおばさんを楽しませてくれて、ありがとうね」

誠ははっと顔を上げる。いつもは高慢な夫人がしんみりした顔をしていた。

「僕——」

夫人は誠の言葉を押しとどめるように言う。

「いいわ、わかった。エッチも内定の件もなしにする。でも、町内会のお手伝いは、時間があればお願いするわ」

誠はほっとした。

「わかりました。出来るだけお手伝いします」

「それと、杏奈ちゃんとも手を切ってもらうわ。私だけ捨てられるなんて、我慢ならないもの。大丈夫、彼女には私から話をしておくわ。私たち、仲好しだからうまいこと言っておく」

誠はうなずいた。

「はい、杏奈さんともそのつもりでした——でも、もし田中さんから話してもらえると、助かります」

田中夫人はこっくりとうなずいた。

「あと、もうひとつ」

彼女はぱっとスカートを捲り上げ、両脚を大きく開いた。

ガーターベルトと網タイツは着けていたが、ノーパンだった。黒い網タイツを履いたむちむちの足がまるでボンレスハムのようだ。

「最後に、一度だけ抱いて。うんと苛めて」

そう言うや否や、夫人は締め付けのないドレスをすっぽりと頭から脱ぎ去って、全裸になった。

ボリュームのある女の裸体が、絨毯の上に四つん這いになった。

「お願いよ、誠クン。私のお○んこ、舐めて、掻き回して、突いて――」

巨大な白い尻がくねくねと蠢いた。開き気味の太腿の狭間に、パイパンの秘裂が赤くのぞいている。

必死でかっこつけてきたが、それを目の当たりにして、湧き上がる衝動には逆らえなかった。

誠は無言で服を脱ぎ、夫人に近づいた。待ち焦がれるように、女が浅い呼吸を繰り返している。

膝を突き、贅肉を掻き分けてぷっくりした大陰唇を指で弄った。

「ふ、んんぅ、ん……」

夫人が熱っぽい鼻息を漏らした。すでにそこはびしょびしょだ。

『苛めて』と言われて、いつもセックスではリードされ気味の彼女に対して、加虐の欲望がむくむくと湧き上がる。わざとぞんざいな口調で言ってみた。

「なんだよ、もうどろどろに濡らして。どうしようもないスケベだな」

夫人の全身がぶるりと戦慄いた。

「ああ……やぁん、言わないでぇ」

艶めいたアニメ声がいつにも増して刺激的だ。

尻肉に指を埋め込み、思い切り左右に押し開いた。ぱっくりと小陰唇まで露わになる。顔を近づけ、わざとくんくん鼻を鳴らして嗅いでやる。

「すげぇ匂う。いやらしい匂いが、ぷんぷんする」

「あ、いやぁん」

弄ると膣腔の奥から粘り気のある淫汁がとろとろ溢れ、濃厚な香りがさらに強くなる。舌を差し出し、花弁の奥に突き入れた。何度も味わった塩味の強い熟れ汁を、じゅるりと吸い上げる。

「ふぁ、あぁぁん」

田中夫人が巨尻をぶるんと震わせる。さらに顔を押しつけ、舌で濡れ襞を攪拌する。よく見ると襞と襞の狭間に、愛液の白いカスのようなものがこびりついてる。そこからチーズ臭が立ち昇っている。卑猥過ぎて鼻血が出そうだ。

「ここにこんなにマンカスがこびりついているぜ、俺が来る前にオナニーでもしてたのか?」

「うう、言わないでぇ、いやぁん」

図星らしい。田中夫人は人一倍性欲の強いたちで、ひとまわり年上の旦那とはほとんど性生活がないのが辛くてならないのだ、と杏奈から聞いたことがある。

愛人がいないときには、オナニーばかりしているのだと。

「ほんとにあんた、インランだな」

「ひどいわぁ、あぁぁん」

口ではそう言いながらも、貶《おとし》める言葉を投げかけるたびに、彼女の陰唇は嬉しげにひくつくのだ。

普段の大人しく少し気が弱い自分が、こういう鬼畜な態度を取れるのがひどく新鮮だ。セックスというのは、いつもの自分を解放することなのだ、と感じた。

では今日は、うんと野卑な男を演じてやれ。

膨れ上がったクリトリスに、ぶちゅっと吸い付いた。

「ひぁ、はぁぁあああん」

甲高い嬌声を上げ、肉厚な尻が淫らに波打つ。大きめのクリトリスを、舌先で転がしたり吸い上げたりを繰り返す。

「は、いい、あ、痺れて……いいっ」

田中夫人の反応がどんどんあられもなくなる。

口腔の中で、クリトリスがいっそう膨れて硬くなってくる。そこを啄むように吸い続けると、愛液がお漏らしのようにあふれてくる。

「やぁ、あ、気持ちいい、あぁ、イッちゃう、イッちゃいそう……」

熟れきった身体を波打たせ、田中夫人が喘ぐ。

誠は頃合いを見計らって、ふいに顔を外した。

「——あ？　やあ、なに？」

達する寸前でクリニリングスを止められ、女が戸惑った声を出す。豊穣な臀部がもどかし気にくねる。

「あぁん、ねぇ、こんなのひどぉい……お願いよぉ、誠クン」

田中夫人がせつない声で懇願する。誠は彼女の欲求不満に悶える姿をじっと見下ろしながら、わざと冷ややかな声を出した。

「なんだ、もっとして欲しいのか？」

女が首をぶんぶんと上下に振る。

「あぁ、欲しいわ……ねえ、続きを……」

「イカせて欲しければ、ちゃんと牝ブタらしくお願いしろよ。その恥知らずなお○んこを開いて、入れてください、と言うんだ」

敢えて残酷な言葉を投げつけると、夫人の全身が感電でもしたようにぶるっと震えた。

「あ……あぁ……」

彼女は絨毯に顎をつけるようにして、太い両手を背後に回しおずおずと秘裂を弄った。綺麗にネイルを施した太い指が、まるで処女のように恥じらって蜜口を左右に押し開いた。淫蜜が粘っこい糸となって、床に滴る。

「ね、ねぇ、ください。誠さんのお○んちん、ください」

熟れきった肉体とは裏腹な、不思議なアニメ声でいやらしくねだられると、まるでエロゲーのキャラクターがそこにいて淫らなポーズを取っているようだ。誠の身体中に、獣じみた欲望が駆け巡る。すでに屹立していた男根が、いっそう奮い立つ。

「いいぞ、もっといやらしく惨めにおねだりしろ」

夫人があぁー、と陶酔した声を出す。彼女には実はマゾッ気があったのかもしれない。

いつもは裕福な専務の奥さん、町内会会長夫人、婦人会会長、と、トップの地位で高飛車に振る舞っている彼女だが、真実の姿は違うのかもしれない。

今、彼女は解放されきって、淫らなマゾの牝ブタになりきっている。

「お願いします……牝ブタの汚いお○んこに、おっきいのください……誠さんの太くて硬くて立派なお○んちんで、思い切り突いて、掻き回してください……惨めにイカせてください」

言っているうちに身体が昂って、それだけで軽く達してしまったらしい。目一杯開いた媚肉がひくひくと蠢き、新たな愛蜜がどろりと噴き出した。

「あ、あぁ、だめ、も……ぅ」

全身を薄桃色に染めて身悶える彼女は、巨大な肉の塊のようだ。

(俺は今からこの肉に食らいついて、食い尽くしてやる)

「よく言ったな、ご褒美をやろう」

誠は膝立ちになると、田中夫人の巨尻をぎゅっと摑み、硬く膨れた亀頭の先を湯気が出そうなほど蒸れきっている蜜口に押し当てた。

「ふ、はぁ、熱い……あぁ、早く、ください」

女がもどかし気に尻を突き出す。

その刹那、ぐちゃりと淫蜜を弾かせ、剛直を一気に最奥まで突き入れてやった。

「ぐ、は、あぁあぁぁっ」

田中夫人が悲鳴を上げて腰を揺すった。太い容姿からはわからないが、実は彼女の膣路は意外に短く、根元まで収めると亀頭がぐぐっと子宮口を押し上げる感触がする。その粘膜とせめぎ合う感じが、堪らなく心地いい。

「ひい、い、深い……あぁ、当たるぅ」

硬い切っ先でごりごりと子宮口を掻き回してやると、女が全身を引き攣らせて悶えた。

「感じるのか？　いやらしい牝ブタめ」

ぐいぐいと続けざまに打ち付ける。

「あ、は、すご……感じる……あぁ、感じるぅ……っ」

誠が腰を抜き差しするのに合わせ、ホルスタインのような巨乳と三段腹がゆさゆさと前後に揺れて、壮観だ。同じく細かく揺れる広大な尻肉を見つめているうち、ふいにもっと苛めてやれと思う。

ぱーん！

平手で臀部を叩いた。

「ひゃぁ、つうっ」

田中夫人が腰を跳ね上げたとたん、膣腔の奥がぎゅうっと締まる。脳芯が痺れるような熱い快美感に、誠は続けざまに尻を叩いた。

ぱん、ぱん、と小気味のよい音が響く。

「ひ、ひうっ」

叩いた瞬間、淫襞がきついほどに締まり、やがてゆるりと解れていく。この収縮感が絶妙だ。

「どうだ？　牝ブタにふさわしいお仕置きだ」

興が乗って、双臀をばしばしと連打する。

「うあぁ、あ、ひどい、あぁん、ひどいけど、いい、あぁん」

田中夫人は被虐の悦びに酔いしれた声を上げる。

ふと気がつくと、真っ白だった女の尻が真っ赤に腫れ上がってしまった。一瞬手を止めて、素に戻った。

「あ、やり過ぎた？」

すると女は絨毯に押し付けた顔を捻るようにこちらへ向け、うっとりした表情で答えた。

「いいのよ、もっとぶって、嬉しい……痛くて気持ちいいのぉ」

マゾ的な快感に陶酔しきっている。そんな濡れた目で見られると、腰から背中にかけてぞくぞくと加虐の悦びが湧き上がってくる。

「そうか、よし」

ぐぐっとペニスを突き入れると同時に、右手を振り上げてぱーんと思い切り尻肉を張った。

「ぐはぅ、はぁあああぁっ、あああぁあぁっ」

食いちぎらんばかりに濡れ襞が締めつける。一瞬で達したらしく、その締め付けがうねりを持って何回も繰り返される。

「お——締まる」

誠は背中を仰け反らせ、襲ってくる快感に耐えていた。しかし、あまりの凄まじい締め付けに、遂に追いつめられてしまう。

「く——出るっ——出すぞ」

「ふあああ、ああ、来て、いっぱい出してぇ、私にいっぱいかけてぇ……っ」

田中夫人が全身をびくびく痙攣させ、断末魔の声を上げる。

小刻みに連続で腰を打ち付け、イク寸前にずるりと陰茎を引き抜き、片手で扱きながら精を発射させる。

びゅっびゅっと放物線を描いて、大量の白濁が女体の上に飛び散る。

「あぁ、熱い……嬉しい、汚して、もっと汚して……」

肉付きのよい白い背中や、赤く腫れた尻肉にぬるぬるとザーメンを撒く。

女は嬉しげに鼻を鳴らし、エクスタシーの余韻に震えている。

「――なんだか好き放題にしてしまい、申し訳ありませんでした」

恍惚が治まると、誠はティッシュで田中夫人の身体を丁寧に拭いてやった。女はまだ桃源郷を彷徨《さまよ》っているような、うっとりした表情を向ける。

「ううん――嬉しかったぁ。誠クンにお仕置きされて……」

「お仕置きなんて――」

まだ掌の跡が赤く残る柔らかな尻を、そっと撫でた。

「僕の方こそ、貴重な経験をさせてもらいました」

田中夫人が顔をくしゃっと歪めた。彼女はさっと顔を背け、ゆっくりと身を起こした。脱ぎ捨てたドレスを素早く被った。

服をまとい高価そうなクッションの効いたソファにもたれると、すでにいつもの女王様然とした彼女に戻っている。

「――内定の件はなしになったけど、就職先を紹介くらいはしてあげるから。もし勤め先が決まらないようなことがあれば、いつでもいらっしゃい」

彼女の心遣いにじんと胸が熱くなる。

「ありがとうございます」

田中夫人はゆったりとソファに背中をあずけ、にんまりする。

「——で、今度町内会でバザーをやるのよ。誠クン、売り子として参加してよね。お手伝いはしてくれるんでしょう？」

抜け目ない彼女に、誠は苦笑する。

「わかりましたよ」

——こうして、めくるめくような熟女たちとの３Ｐは、終わりを告げたのだった。

第四章　アブノーマルな一夜

杏奈とは関係を清算したといっても、近所である。顔を合わせると気まずいだろうと思っていた。

田中夫人の屋敷を訪ねた三日後。

大学の帰りに、誠は駅前でふいに声をかけられた。

「こんにちは、窪塚クン」

振り返ると、買い物帰りらしい杏奈がにこやかに手を振っていた。それだけでも心臓がびくりとしたのに、彼女の隣には志乃が佇んでいる。どうやら買い物先で出会って、二人で帰宅途中だったらしい。

狼狽《うろた》え気味の誠に、杏奈が屈託なく近寄ってくる。

「大学の帰り?」

「は、はい――」

「田中さんから聞いたわよ――」

誠はちらりと杏奈の後ろにいる志乃を気にし、一瞬緊張した。

杏奈が一瞬含みをもたせるように口をつぐみ、それからさらりと言った。

「バザーのこと。お手伝いしてくれるんですって？　ありがたいわぁ」

誠はほっと肩の力を抜いた。

「はあ、お役に立つかどうか――」

杏奈はぽんと肩を叩いた。

「すごくお役に立ったわよ。私も田中さんも」

にまっと笑うと、杏奈はくるりと背中を向け肩越しに手を振った。

「じゃ、またね。沢木さん、行きましょ」

二人は家の方向へ歩き出した。

志乃がちらりとこちらを振り返った。なにかもの言いたげな視線だ。

誠は彼女に曖昧に笑いかけた。

田中夫人は杏奈をうまく説得してくれたらしい。ひとつ肩の荷が下りた心持ち
だが、志乃への気持ちは募るばかりだった。

帰宅して、自炊のカレーを煮込みながら卒業論文のテーマをノートに書き出していた。いつの間にかうとうとしてしまったらしい。

焦げ臭い匂いに、はっと目が覚めた。

「いっけねー」

慌ててキッチンに駆け込んだ。煮込んでいたカレーが見事に焦げ付き、鍋からもうもうと黒い煙が上がっている。ガスの火を消し、鍋をつかんで流しで水道の水をジャッとかけた。部屋中に煙が充満している。煙が目にしみて、涙がこぼれた。

換気扇だけでは間に合わず、急いでキッチンの窓を全開にする。

煙を追い出そうと両手で扇ぎながら、何気なく隣の家に目をやった。志乃に叱責されてからは、窓はずっと締め切ったままだったのだ。

すでに夕刻過ぎで、家々には灯りが点り始めている。

向かいの部屋は真っ暗だった。カーテンは閉めていないようだ。

(昼間、駅前で出会ったのに。家に戻っていないのかな)

首を傾げていると、ふいにぱっと灯りが点いた。

刹那、部屋の中が丸見えになる。

ベッドからむくりと起き上がった女の姿。

誠はあっと声を上げそうになった。

志乃は昼間誠と出会ったときの、ブラウスにスカートという清楚な格好だった。しかし――。

ブラウスの前ははだけ、スカートは腰まで捲れ上がっていた。白いブラジャーが乳房の上に押し上げてある。意外に大振りの、ふくよかな乳房が剝き出しになっていた。乳首は小さめで可憐で紅い。白いパンティが張りのある太腿の途中まで引き下ろされて、黒々した茂みに覆われた青白い下腹部が露わになっていた。

（な――！）

誠は衝撃を隠せなかった。顔を背けようとしたが、できなかった。

志乃はベッドの上に座ったまま、のろのろと服を整えている。こちらに気怠げな横顔を見せている。服を直した志乃は、立ち上がるとカーテンを引こうしたのか、窓際に近づいてきた。

瞬間、彼女と目が合った。

志乃の黒目がちの瞳が、ぎょっとしたように見開かれる。

誠は焦って身を翻《ひるがえ》して窓から離れた。

（――覗いていたことが、ばれた？）

心臓がばくばくいう。

頭の中で思考がごちゃごちゃになる。

ベッドの中で、彼女はなにをしていたのか？　乳房も下半身も露わにして――。

(オナニーだ――志乃さん、オナニーをしてたんだ)

信じられない思いで頭をぶんぶん振る。誠の心の中で、彼女はいつの間にか神格化されていた。

自分はオナニーのオカズに志乃の痴態をあれこれ妄想していたが、実際の彼女には、性欲などありはしないと思い込んでいた。しかし彼女も女だ。そんな誠に都合のいい聖女であるはずない。

「――未亡人、だもんな」

誠はぼそりとつぶやいた。彼女は人妻だったのだ。セックスの味を知らないわけがなかった。

誠はぺたりと床に尻を付け、キッチンのキャビネットに背中を押し付けて目を閉じた。先ほどの、灯りに浮かび上がった志乃の白い顔を思い出す。

(エクスタシーを極めた直後だったに違いない)

物憂げで艶《なまめ》かしい表情だった。

（イク時には、どんな顔をするんだろう）

そう考えたとき、海綿体が怪しくざわめき、たちどころに膨らんできた。ズボンの前ははち切れそうになり、慌ててジッパーを下げた。

「――っ」

右手であやしながら取り出した陰茎は、灼熱の鉄棒のようにカチンカチンになっている。鈴口からすでに、いくらか精を漏らしてしまっていた。

「志乃さん――」

女の名をつぶやいただけで、じんと甘い痺れが尿道を駆け上がるのを止められなかった。

「あっ――」

怒濤の奔流が先端から溢れ、右手を熱く濡らした。まだひと擦りもしていないのに、イッてしまったのだ。

「は――……」

誠は床にしゃがみ込んだまま、深いため息を漏らした。

部屋のインターフォンが鳴ったのは、その日の夜半過ぎだ。

モニターを見た誠は、息が止まりそうになった。志乃の顔が映っていた。

「夜分ごめんなさい。窪塚さん、お願いがあるの――」

（も、もしや――火照った身体を抱いてください、とか!?）

誠は勝手に妄想して焦る。

「ちょっとだけ、手伝ってください。すぐ近所まで――」

「あ――どうしたんです？」

逆上《のぼ》せていた頭が少し冷える。

「お友達の旦那さんが酔っぱらって、道路で騒いでて――彼女が困っているので、男の人の力が欲しいの――私、窪塚さんにしか頼めなくて」

（窪塚さんにしか頼めない）

志乃にそう言われると、断りきれなかった。

急いでアパートの前まで出て行くと、志乃がぽつんと立っていた。服装が夕刻と同じなので、ちょっとどぎまぎしてしまう。志乃の方は、普段と同じような態度で声をかけてきた。

「ああ、ありがとう。こっちよ」

サンダル履きでぱたぱたと先を歩いていく彼女の白い足首に、少し見惚れてしまう。歩くたびに、きゅっとアキレス腱が締まるのが妙にそそる。

いかんいかんと、自分を叱る。

通りを越えた辺りの閑静な住宅街に入ると、どこからか男の唸るような声が聞こえてきた。近づいていくと、どうも調子外れな歌をがなっているらしい。

「あそこよ――由貴《ゆき》さぁん」

志乃は誰かに呼びかけて手を振った。

五階建てのマンションのエントランスの辺りに、ジャージ姿の痩せぎすの女性が立っていて、こちらにおずおずと手を振っている。彼女の足元に、巨漢の男が仰向けに横たわっていた。歌っているのはその男だった。

志乃はまっすぐ痩せている女性の前に歩いていく。誠は黙って付いていった。

「沢木さん、ご迷惑かけて……」

消え入りそうな声で痩せた女が言う。志乃は優しく微笑んだ。

「ううんいいのよ。こちら溝口《みぞぐち》由貴さん。この人は窪塚さん。お隣の学生さんで、町内会のお手伝いもしてくれている、頼りがいのある人よ」

溝口由貴という女がこちらに顔を向けた。

若く見えるが、三十歳くらいだろうか。

背丈は志乃よりあるが、ジャージから覗く手足は棒のように細く、吹けば飛ぶような脆い印象だ。肩までの癖のない栗色の髪、細面でつまんだような控えめな目鼻立ち。薄い茶色の瞳が落ち着きなく動き、見るからに薄幸そうだ。ただ素っ気ないジャージの胸元はこんもり盛り上がっていて、折れそうな手足とのアンバランスさが、ある種の魅力になっている。

「すみません……見ず知らずの人にこんなこと……」

彼女は言葉を最後まで言い切らないで、足元で長々と横たわっている男を見下ろし、ため息をつく。

「夫です……酔っぱらって帰ってきて、ここで寝てしまって……酒癖が悪くて……ご近所迷惑で……」

誠はぷんぷん酒気を撒き散らしているその男を見た。Tシャツに短パン姿だ。格闘技でもやっていそうな大柄で逞しい身体。顔も首もがっちりして、丸坊主にした髪型がさらに迫力を加えている。

「窪塚さん、旦那さんを部屋に運ぶのを手伝ってくれる？　彼女一人じゃ、到底無理でしょ。お願い」

志乃が拝むように両手を合わせて言う。本当のところ、酔っぱらったマッチョ男に関わるのは少し腰が引けたが、憧れの彼女にここまで言われては後に引けない。

「わかりました。部屋は何階？」

「五階です……すみません」

由貴は、少しほっとした声で答えた。

誠は男の前にしゃがんで、太い腕に手をかけた。

「溝口さん、部屋に戻りましょう」

相手は真っ赤な顔でうーうーと唸っているだけだ。思い切って男の腕を肩にかけ、力を込めて抱き起こした。ずしりと重い。体重は軽く九十キロは超えているだろう。

「よいしょっ」

誠はかけ声をかけて男を抱きかかえ、マンションの中に進んだ。志乃が駈け寄って、男の反対側の腕を自分の肩にかけた。

「あ、僕一人で運びますから」

「ううん、私が無理なこと頼んだんですもの、手伝うわ」

志乃は息を弾ませ、重い男の身体を支える。

筋肉の張った男の背中の中央で、志乃の手と自分の手が交差し、誠は場違いに劣情をもよおしそうになった。

「……すみません、すみません……」

由貴が後ろからついてきて、泣きそうな声で繰り返す。

志乃と二人して巨漢の男を、どうにかエレベーターに乗せ、五階の部屋まで辿り着いた。

由貴が部屋のドアを開け、男を玄関の上がり框に下ろした。男は眠りこけているのか、ぐんにゃりと狭い框に横たわる。

「ありがとうございます、もう大丈夫です……」

頭を低く下げる由貴に、志乃が優しく声をかける。

「ベッドまでお連れします？」

由貴が首をふるふる振る。その仕草が童女のようでいじらしい。

「いいえ、もう一人でベッドまでいかせますから——窪塚さんも、夜中に本当にありがとうございました」

誠は恐縮して頭を掻く。

「いや、俺は別に——」

顔を上げた由貴と目が合う。決して美人とは言えないが、奥二重の涼やかな目元の面立ちは、男心を引きつけるものがある。

「それじゃ、またなにかあったら、連絡いつでもしてね――窪塚さん、失礼しましょう」

志乃は誠を促し、部屋を辞去した。

下りのエレベーターを待っている間、志乃がぽつりと言う。

「由貴さんも最近こちらに引っ越してきたんですって。酒癖の悪い旦那さんが、心機一転やり直すと言ったから――なのに、もう奥さんを悲しませるようなことをして――お気の毒だわ」

彼女の口調には、同情以上の感情が込められているような気がした。

エレベーターが到着し、乗り込んだ二人の間に沈黙が流れる。

誠は志乃と肩を並べていたが、密室に二人きりだと思うと心が乱れた。彼女の髪の毛から、濡れた甘いシャンプーの香りが立ち昇る。風呂上がりに由貴から連絡が入り、髪の毛も乾かさずに飛び出してきたのだろうか。

志乃の方も、妙に強ばった表情で前を向いている。

(やっぱり、夕方俺が覗いていたのに気がついたのか)

そう思い当たり唇を噛む。彼女がそのことについて何も言わないのが、かえって責められているようで、いたたまれない。いっそ自分から謝罪してしまおうか、と迷う。しかし、彼女の寝姿を盗撮し、オナニーのオカズにしていました、とは到底告白出来ない。それでも――。

「あの――」

「窪塚さん――」

二人はほぼ同時に口火を切った。

顔を見合わせ、二人ともはっと言葉を飲む。

「あの――どうぞ」

誠が慌てて促す。

「いえ――窪塚さんこそ、お先に」

「あ、や、僕はたいしたことじゃないんで」

「あ、私も――」

再び沈黙が訪れる。

エレベーターのスピードが異様に遅く感じられる。息が苦しく脈動が早くなる。

「沢木さん――」

ささやくように声をかけると、志乃がふっとこちらを見た。そのもの問いたげな美貌を見た瞬間、気がつくとエレベーターの壁に押し付けるようにして、彼女を抱きしめていた。

「──っ、苦し……」

窒息しそうなほど胸に顔を押し付けられた女が、腕の中で身悶えた。顔を捩った彼女に、衝動的にキスをしていた。

「ふ……っ」

志乃が鋭く息を呑む。顔を背けようとするのを追いかけ、さらに強く唇を覆っていた。彼女の唇はしっとりと柔らかく熱かった。

その感触だけで、誠は一気に昂ってしまう。

「や……んっ」

白い両手が誠の胸を押しのけようとしたが、誠はさらに腕に力込めて羽交い締めにする。そして強引に唇を割って、舌を押し込んだ。女の口腔の中は甘く蕩けるようだった。

「……ふぅ、んんっ……」

志乃はくぐもった呻き声を漏らし、逃れようと身じろぎした。だが、誠が乱暴に舌を弄り強く吸い上げたとたん、感電したように全身を震わせ、次の瞬間ぐたっと弛緩した。

彼女の抵抗が止んだと感じた誠は、彼女の舌を存分に舐った。志乃のさらさらとした唾液を啜り上げ、お返しに自分の唾液を注ぎ込む。

「んぅうう、ふ、んぅん……」

志乃は悩ましい鼻息を漏らし、されるがままに舌をからみ返してくる。

（ああ——俺、今志乃さんとキスしているんだ）

感激のあまり鼻の奥がつんとする。こんな心地好く感動するキスは、生まれて初めてだった。

彼女の歯列をなぞり、口蓋から咽喉奥まで存分に舐る。

「ふぁん、んんんぅ、ふぅん……」

ふいに彼女の震える舌が、そろそろと彼の舌を弄った。

（あ——）

彼女がキスに答えてきたことに、胸が躍った。

そのぬるつく心地よさにうっとりする。

いつまでもキスして、彼女を味わっていたい。

突如、チン、とデジタル音が鳴り、エレベーターががくんと停止した。ロビーに到着したのだ。誠には永遠の時間のように思われたが、ほんの数十秒の出来事だったのだ。

すうっと扉が開いた。

ちょうどエントランスから、マンションの住民らしき人影が入ってくるところだった。

二人は弾かれたように身体を離した。

志乃が顔を背け、はあはあと肩で息をした。

「あの――」

なにか言わねばと思ったが、それより早く彼女は、

「私はお先に失礼します――おやすみなさい」

と、つぶやくや否や、小走りでエレベーターを出てエントランスから外へ飛び出していった。白く引き締まった足首が目に焼き付く。

誠は呆けたようにその場に立ち尽くしていた。

代わりにエレベーターに入ってきたサラリーマン風の男が、不審そうに誠を見やる。

「あの――下りないんですか?」

声をかけられ、夢から醒めたように意識が戻る。

「あ、すいません、下ります、下ります」

慌ててエレベーターから下りて、マンションの外へ出る。

夜更けの街には、すでに志乃の姿は見当たらなかった。

(どうしよう――思わずキスしてしまった)

もはやなんの言い訳も出来ない。

公園での抱擁、この間の覗き、そして今のキス――自分が志乃に劣情を抱いていることはもはやバレバレである。

(軽蔑された)

自分の早計な行動が、今さらながらに悔やまれた。

もはや彼女は声をもかけてくれないだろう。

キスの甘美な快感と暗い絶望感――誠は胸の内に荒れ狂う、嵐のような感情に耐えていた。


盛夏が過ぎ、朝夕の空気が冷んやりし、秋の気配が感じられるようになった。

町内会のバザーが、近所の公民館を借りて催された。

田中夫人に念を押されていた誠は、気が乗らないままバザーの手伝いに参加した。

(志乃さんと会ったら、どんな顔をしたらいいんだ)

あのキスの一件以来、志乃と顔を合わす機会はなかった。もちろん、隣の家を覗く行為はいっさいやめた。こっそり撮った彼女の寝姿の画像も削除しようとしたが、もう口もきいてもらえないだろうと思うと、未練でできなかった。

情けないと思いつつ、その画像でオナニーすることだけはやめられなかった。

幸いというか、バザー会場に志乃の姿は見当たらず、ほっとしたような寂しいような複雑な気持ちだった。

「あの……窪塚さん、ですよね」

バザーの売り場にぼうっと立っていた誠は、おずおずと声をかけられ、我に返った。

「私です、溝口です。その節は……今日は、午後の売り子当番、一緒なんでよろしくお願いします」

溝口由貴が佇んでいた。

今日はあの時のジャージ姿と違い、こざっぱりしたシャツとデニムのミニスカートで、薄化粧もしている。見違えるように女っぽい。スカートから覗く細い足は、折れそうに華奢だ。地味な容姿なのに、どこか男が放っておけない雰囲気を醸し出している。

「あ、ああ、どうも——こちらこそ」

そうか、彼女と一緒だったのだな、と改めて気がつく。

「三時から、沢木さんたちと交代になりますから」

はっとする。

では自分たちと入れ替わりに、志乃が来るのだ。否応でも顔を合わせないわけにはいかない。鼓動がせわしなくなるのを、止められない。

「あらぁ、誠クン、来たわね。頼もしいわぁ。じゃああなたたちは、お会計お願いね」

真っ赤なニットスーツをぱんぱんに膨らませて、田中夫人が現れた。彼女はあちこちにてきぱき指示を出していく。

由貴と二人で、会計の机についた。

「あの……私、あまり人の相手が得意じゃないので、助けてくださいね」

並んで座った由貴が、消え入りそうな声で言う。

この間は、ひと目をはばかって小声でしゃべっているのかと思ったが、ウィスパーボイスというのだろうか、由貴はもともとそういうささやくような口調らしい。

柔らかなため息まじりの声は、本人は意識していないのだろうが、男の心を誘うような色っぽさがある。

「大丈夫ですよ、値札を見て同じ金額をもらうだけだから」

「はい」

由貴がかすかに微笑んだ。

こんな華奢で儚げな女性の夫が、熊のようにむくつけき男だということが、痛ましいくらいだ。しかも酒癖が悪い。

(あんなでかい旦那と、どうやってやってるんだろう? 壊れちゃいそうだ)

誠は由貴の横で、よからぬ考えに耽ってしまう。

午前中はぽつぽつ程度だった客が、昼過ぎになると増えてきた。

バザーの商品はもともと不要品を供出してもらうので、値段があってないようなものだ。それを承知している客は、しきりに値切ってくる。売り上げはユニセフなどに寄付するので、こちらも商品がはければいいという感じて、どんどん値下げてして売りさばく。そのため会計がたて混んできた。

由貴は自分で言っていた通り接客は苦手なようで、その場でいきなり値切られたりすると、おろおろした様子で誠に助けを求める。

「すみません、お願い……」

彼女の頼りなげな声は、背中を羽毛で撫でていくような擽ったい心地好さで、誠は倍忙しくなるのもかまわず喜んで引き受けてしまう。

ひとしきりばたばた立ち働き少し客の波が引くと、由貴がほっとしたように誠に微笑みかけた。

「なにからなにまで……すみませんでした」

彼女の方が十歳は年上だろうに、誠は年上のような気分になる。しかしそれは悪い気はしない。町内会の奥さんたちに混じると、なんだか母親が何人もいるようで遠慮がちになるが、由貴にはどこか少女のような危うさがあり、それが守ってやりたいという男心を擽るのだ。

「疲れたでしょう、奥でなにか飲み物もらってきますよ」

誠は客の切れた頃合いを見計らい会場の控え室へ行き、そこに自由に飲食できるように置いてあった緑茶のペットボトルを二つ持って、戻ってきた。

会計のところに、一人の男が立っていた。

客かなと思い急いで近づくと、その巨軀《きょく》に見覚えがあった。

由貴の夫の溝口だ。

あのときのようなTシャツと短パン姿で、かすかに酒臭かった。

由貴が怯えたようにうつむいている。

「お客さん、お会計ですか？」

誠がさっと由貴の隣に立つと、溝口がじろりと血走った目で睨んだ。

「おい、帰るぞ」

男は低いどすの効いた声で妻に言う。

「だって……交代の時間がまだで……」

もともとか細い由貴の声が、消え入りそうだ。

「こんなくだらないバザーの手伝いなんかしなくていい。家に帰れ！」

溝口の声が大きくなり、会場にいた客や町内会の奥さんたちが、驚いたようにこちらを見た。

「お願い……大きな声を出さないで……」

由貴の小作りの顔が青ざめている。

「ご主人、もうすぐ交代の時間ですし、もう少しだけ待っていてくれませんか？」

誠は思わず口を挟んだ。衆人環視の中で、夫に難癖を付けられている由貴が哀れだった。

「なんだ若造、お前──」

溝口は羽毛を逆立てた鳩のように、大きな身体をさらに反り返らせて誠を睨んだ。元来気が強い方ではない誠は、内心ビビってしまう。

「やめて……お願いだから……」

由貴は泣きそうな表情になる。

「お疲れさま、溝口さん──あらお客様、なにか問題がございましたか？」

ふいに落ち着いた澄んだ声がした。

誠ははっと顔を上げる。

溝口の後ろに、志乃と杏奈が立っていた。声をかけたのは志乃だ。溝口は振り返り、美人の熟女が二人立っているのを見て、少し腰が引けたようだ。

「町内会の副会長を務めておりますから、お話は私が伺いますわ」

由貴の家庭事情を知っているらしい杏奈も、ゆったりと微笑みながら言う。

「あ——いや別に」

溝口は図体が大きいわりに、妻以外の女性には弱気なようだ。彼は由貴の方を睨みつけ、

「いいか、早く帰ってこいよ」

と念を押すように言うと、そのまま会場を足早に立ち去った。

夫がいなくなると、由貴がほっと息を吐く。

「溝口さん、窪塚クン、お疲れさまぁ。後は私たちが引き受けるから、解散してくださいねぇ」

杏奈が気さくに声をかけてくる。

「はい、じゃ、よろしくお願いします」

誠はちらりと志乃を見たが、彼女は目を合わせないようにしている。それを見て気持ちが落ち込んでしまった。

控え室で由貴に挨拶すると、誠は先に出た。会場を通り抜ける際、会計の方を盗み見ると、にこやかに客に応対している志乃の姿があった。

（あの微笑みが、俺に向けられたものなら——）

胸がせつなく疼いた。

公民館のロビーまで出てきて、はっと足が止まる。自動ドアの外にのそりと溝口が立っていた。由貴を待ち受けているのだ。

(粘着質だな)

溝口の前を抜けて出て行くのを躊躇っていると、背後から誰かがそっと右腕に触れた。

「……こっちへ」

由貴だった。彼女は自分のほっそりした腕を誠に絡め、ロビーを戻っていく。

「ど、どうして?」

尋ねる誠に、由貴が小声で言う。

「あの人が待ち伏せてるんでしょ? 裏口があるの……そっちから出ましょう」

ロビーから廊下を抜けていくと、反対側に小さな出入り口があった。

由貴は無言で誠とともに外へ出た。

通りに出ても腕を放さない彼女に、誠は戸惑う。

「溝口さん?」

大通りの交差点で赤信号で立ち止まっても、由貴がぴったり身体を押し付けたままだ。

「……私、家に帰りたくない……今夜はどこかホテルに泊まるわ」

「え？」

「あの人に……一度くらいお灸を据えてやりたい……」

いつものウィスパーボイスにかすかな怒りが含まれている。気持ちはわかるが、なぜ自分を連れ出したのかが理解出来ない。信号が変わり歩きだそうとする彼女を、誠は押しとどめた。

「待って――」

「わ、私……一人でホテルとか、泊まったことなくて……」

由貴が縋《すが》るような視線を向けてくる。

「て、手続きとか、お願い……できませんか？」

「俺が――？」

「お願い……」

彼女の「お願い」は魔力的だった。吹けば飛ぶようななよなよした風情に、艶かしいささやき声。

放っておけない。

「わかりました、駅前のビジネスホテルでいいですか？」

んでいる。
「うれしい……ありがとう」
ふわりと由貴の顔がほころんだ。雪の中に花開く福寿草のような可憐さだ。
誠は由貴と一緒に交差点を渡り、駅前に出た。何軒かビジネスホテルが立ち並
「どこにします?」
「あ……どこでも……」
なるだけ清潔そうなホテルを見繕い、ロビーに入る。ビジネスホテルとしても、
女性と二人で入ることに、少し緊張する。由貴はさり気なくロビーの隅に移動し
た。誠はフロントに行き、空いている部屋にチェックインを申し込む。差し出さ
れた宿泊者カードに、彼女の氏名や住所を書いた。
カードキーを預かり、佇んでいる由貴のところに戻る。
「これ、55号室です。そこのエレベーターを五階まで上がっていけばいいそうで
すよ」
カードキーを手渡そうとすると、彼女がすっと手を後ろに回す。
「あの……部屋まで……送ってください」
誠は躊躇った。人妻とホテルの部屋まで行くなんて、ちょっとまずいのではな

いかと思った。だが、由貴の心細げな顔を見ると、断れなかった。

「じゃ、部屋まで――」

二人で狭いエレベーターに乗り込む。

由貴は黙って頭の上の表示ランプを見つめている。こうしていると、先日志乃にエレベーターの中でキスしたことを思い出し、胸苦しい。

五階に到着し、55号室のキーを解除した。ドアの内側のスイッチプレートにカードキーを差し込むと、部屋に灯りが点る。

「これで大丈夫でしょう――あの、なにかわからないことがあれば、部屋の電話でフロントに聞けばいいと思いますから」

ドアを押さえて、由貴を部屋に通そうとした。彼女は黙って誠の側をすり抜けた。

次の瞬間。

由貴がぐっと誠の腕を引き寄せた。

「！」

あっと思ったときには、部屋の中に引き込まれていた。か細い彼女の身体の、どこにそんな力があったのかと思うほどの勢いだった。

オートロックのドアが閉まる。

「み、溝口さん？」

ドアの側の小さいクローゼットに背中を押し付けられる。由貴がぎゅっと抱きついてきた。

「……行かないで……」

誠の胸に顔を押し付け、くぐもった声で女がささやく。

「っ——」

誠は呆然とした。小柄な由貴の頭が自分の顎のすぐ下にある。柔らかな髪の毛から、かすかな甘酸っぱい汗の匂いがした。今日一日立ち働いた名残だ。とたんに下腹部に血が集まってくる。誠は理性を掻き集める。

「だ、ダメですよ、奥さん——ご主人にバレたら——」

そうだ。あの野獣のような夫にバレでもしたら、誠は半殺しにされるかもしれない。

「バレたら……あの人にはなにもできないわよ」

彼女はくっと、咽喉を鳴らすような声を漏らした。そして顔を上げてまっすぐ誠を見た。

由貴は含み笑いしていた。

誠はまじまじと彼女を見た。薄い唇が半開きになり、ちろりと赤い舌がのぞいている。

今しがたまでの儚げな表情が消え失せ、悩ましい成熟した女の顔に変わっている。

「……めちゃくちゃに、してちょうだい……」

小動物のようなつぶらな瞳が濡れている。

そこまでが限界だった。

誠は女の上向いた顔に、吸い寄せられるように唇を近づけた。

「んんぅ……」

由貴は待ち受けていたように唇を開き、誠の舌を受け入れた。口腔をまさぐると、女の舌が積極的に絡み付いてきた。彼女の細い腕が誠の首に回され、きつく舌を吸い上げる。

(うわ——すげぇキス)

由貴の舌はまるで別の生き物のように、誠の口中をくまなく舐り回る。痛いほど舌を吸い上げられ、誠は頭の芯がぼうっとしてくる。

「ん、は、はぁ……は」

好きなように誠の口腔を味わった由貴は、ちゅっと音を立てて唇を離し、せわしなく息を継いだ。赤く色づいた唇の端から唾液が滴り、目つきはすっかり陶酔している。

「あぁ、あなたのお○んちん、しゃぶらせて……」

ささやき声にも熱がこもっている。返事をするより早く、由貴は膝を折り誠の股間の前にしゃがみこんだ。細い指先が性急にズボンを引き下ろす。

「ああ……おっきい……」

取り出したイチモツを目にすると、由貴がうっとりした声を出す。彼女の勢いに巻き込まれた形になってしまったが、勃起だけはあっという間にしてしまった。

いや、内気で虫もころせないような雰囲気の彼女が、獣に変身したようなギャップに燃えてしまったようだ。

「んふぅ、あん、おっきくて、口に入らないわ……」

由貴が艶かしいため息を漏らし、肉棹を両手で扱きながらちろりと亀頭に舌を這わせた。

「あ——」

ひんやりした指先と熱い舌の対照的な刺激に、屹立がぶるっと震える。

「咥えられないかもしれない、けど……舐めるね」

細身で小柄な由貴は全てが小作りで、その可憐な口には誠の人並みのペニスも大く思えるのかもしれない。大きいと言われて悪い気はしないが、

（それじゃ、あのでかい旦那のお○んちんなんか、どう処理してるんだ？）

などと、余計な心配をしているうちに、ちろちろと可愛い舌が肉胴を這い回り始める。

「ん、んぅ、くちゅ、ふ……ん」

先端から肉茎全体を丁重に舐め回したかと思うと、雁首の括れをぐるりとなぞり、鈴口の割れ目まで舌先で擽る。若々しかった真緒の舌使いとも、こなれた感じの杏奈とも違う、切羽つまった感じの舌の動きに、誠はすっかり魅了されてしまう。

「はぁ――」

目を閉じて思わずため息を漏らすと、股間からウィスパーボイスがささやく。

「気持ち……いい？」

「うん――すごく」

正直に応えると、由貴が嬉しそうに言う。

「うれしい……じゃあ、もっとしてあげる」

ふいに小さいな唇が、あんぐりと先端を咥え込んだ。

「ふ……んぅ、ぐ……ふぅ」

ひっきりなしに鼻息を漏らしながら、彼女は必死に誠の剛直を呑み込もうとする。しかし三分の二ほど咥え込むのが精一杯だったらしい。亀頭が彼女の扁桃腺の辺りにこつんと当たる感じがする。

「んぐ、ぐ、はぅ……」

悩ましいくぐもった声に、誠はそっと目を開けて股間を見下ろした。小さな由貴の口が目一杯開き、自分の欲望を咥えている。額に皺を寄せた苦しげな表情があまりに卑猥で、ペニスがぐんと膨れた。

「ふ、んぅんん……」

口中でさらに巨大化した肉棹に、由貴が呻き声を上げる。彼女は唾液をまぶしつつ、ゆっくりと頭を前後に振り始めた。

ちゅぱ、っ、ちゅぱっ……。

卑猥な音を立てて女がフェラチオにいそしむ。その懸命さが胸に迫る。もともと限界まで唇を開いているせいか、締まりもよくて申し分ない。思わず女の頭を両手で抱え、自分から腰を打ち付けてしまった。

「か、はぁ、ごほ、あ、だめ、苦しい……ごほ……」

由貴がむせてペニスを吐き出した。

「ご、ごめん——あんまり気持ち好くて、つい——」

はっと気がつき、誠は慌てて腰を屈めて彼女の背中を擦った。

「ううん……優しいのね……うれしい……」

目尻に涙を溜めた顔で、由貴が見上げてきた。彼女は音もなく立ち上がり、ベッドの前まで行くと、素早く服を脱いだ。

細い肩、薄い腰、すんなりした手足。どこもかしこも折れそうなほど、細い。なのに乳房だけは、プルンと形のよいお椀型に揺れている。乳首もぽっちりと小さい。恥毛も薄く、立っているだけなのにくっきり秘裂が透けて見えた。

「抱いて……」

彼女は煙るような目つきでこちらを見つめる。

まるで催眠術にでもかかったかのように、誠はふらふらとベッドに歩み寄った。

もはや股間の欲望ははち切れそうだ。

だが、ガラス細工の人形のように儚げな彼女を抱くことにはまだ躊躇いがあった。そっとくるむように身体に腕を回すと、由貴が焦れたように誠の腕をひっぱり一緒にベッドに倒れ込んだ。彼女の身体は熱く燃え上がっている。

「おっぱい、触って……」

由貴の手が誠の手を取って、自分の乳房に誘導した。ちょうどすっぽり掌に収まるくらいの半球型の乳房は、張りがある。杏奈や田中夫人の脂の乗り切った蕩けるような肉体とは違い、どこかにまだ青く固い感じが残っていて、それがとても新鮮だった。そっと乳丘を揉みしだく。手の中で弾力ある肌が押し返してくるようだ。

「あ……あぁ、あん……」

可憐な乳首を指で挟んで軽く擦ると、ぴくりと女体が跳ねて、由貴の半開きの唇から悩ましい声が漏れた。もともとが色っぽいウィスパーボイスなので、ひどくそそる声だ。その声をもっと引き出したくて、乳首を口に含み凝ってきた先端を舌先で転がした。

「ふ……ん、あ、は、はぁ……あ」

華奢な身体を引き攣らせ、忍び声が徐々に昂ってくる。さらに啄むように乳首

を吸ったり、歯を立てて甘嚙みしたりを繰り返すと、

「やぁ、あ、も、もう、おっぱい、しないで……」

由貴は髪の毛を振り乱して訴える。細い目が半開きになり、滑らかな眉間に皺が寄る。

「自分で触ってくれって言ったのに――」

内気で弱々しい奥さんと思っていた彼女が、意外にエロく大胆なことがわかり、誠は少し強気になって焦らしてみたくなった。片方の手で乳首を捏ねながら、わざと唾液の音を響かせてもう片方の乳首を舐めしゃぶった。

「あ、ぁ、だめ、や、やぁ、おっぱいで……イッちゃう、だめぇ……」

由貴の声が切羽詰まってくる。そんなに感じやすいのか、とかさにかかって乳首をいたぶっていると、女の全身ががくがく震える。

「あ、も、だめ、イッちゃうから、ほんとに……っ、あぁぁ、ああああっ」

びくんと腰が浮き、由貴の身体が強ばる。次の瞬間ぐったりと脱力し、薄紙のような繊細な肌一面に汗が浮いた。

「……はぁ、は、あぁ、おっぱいで、イッちゃったぁ……」

せわしなく息を継ぎながら、由貴がつぶやく。乳首の刺激だけで達してしまう

なんて、ずいぶん感じやすいんだ、と内心驚く。すると、誠の心中を見透かしたように、女が濡れた目で見つめながら薄く笑う。

「だって……あの人……下手なんですもの……前戯もしないで、ただ挿れて、乱暴に動いてすぐ終わっちゃう……いっつも、独りよがりのオナニーみたいなセックス……」

夫との行為をあからさまに吐露され、誠の方が赤面してしまう。まだ快感に酔いしれているのか、由貴は平然と言う。

「だいたい……あの人のお○んちん、ちっさいの……ぜんぜん感じないし」

「え？　まさか？」

あんな逞しい巨漢なのに——こんな小柄な妻も満足出来ないほど、短小なのか。信じられないが、それだから逆に傲岸不遜な振る舞いをして、イキがっているのかもしれない。不愉快なだけだった溝口に対して、少し同情してしまう。

「だから……こんなにおっきいの、初めて……」

由貴の手が誠の下半身に伸び、屹立を優しく扱く。その刺激に、鈴口から先走りがひっきりなしに溢れてくる。

「ね、ここも、弄って……ね、お願い」

誠の欲望をあやしながら、もう片方の手で誠の手を自分の秘所に誘う。

薄い恥毛を掻き分け蜜口に触れると、そこはもう夥《おびただ》しく濡れ果てていた。狭い膣口に指を潜り込ませると、濡れた粘膜がまとわりついてくる。熟れた熟女のそこと違って、膣腔は痛々しいほど狭い。

「ぁ、ん、あぁ……もっと弄って……」

由貴は股間を突き出すようにして、甘く悶えた。言われるまま、狭隘《きょうあい》な膣襞を押し開くようにしてくちゅくちゅ掻き回し、親指で小さなクリトリスを探り当てて指の腹で擦ると、女が甲高い嬌声を上げた。今まで知っているクリトリスの中でも、ひときわ可憐で慎ましい。小粒だが、感度はいいようだ。

「きゃぅ……っ、あ、いやあ、あぁぁん」

薄い背中を仰け反らして身悶える。普段密やかな声しか出さない彼女が、悲鳴のような声を上げるのがぞくぞくするほど堪らない。包皮を捲り上げ、頭をもたげたクリトリスをぬるぬると撫でると、さらに声が昂っていく。

「や、ぁあ……あ、い、いい……気持ちいい……あぁ、すごく、いい……」

粘っこい愛液がどんどん溢れ、彼女の股間からシーツをぐっしょり濡らす。この小柄な身体のどこに、こんなに水分があるのかと思うくらいだ。

「いい？　これがいい？」

ほっそりした首筋から耳朶の後ろに舌を這わせ、耳孔に熱い息を吹きかけ、手の動きを倍加させた。ぐちゃぐちゃと淫汁の弾ける猥雑な音が大きくなり、それとともに女の喘ぎ声が迫り上がる。勢いづいて、ぐっと指を膣腔の奥に突き入れる。身体の小さいせいか隘路も短く、指先が子宮口の出っ張りまで届くのを感じた。そこを思い切り抉《くじ》る。とたんに淫蜜が大量に噴き出した。

「ひ、くあ、んあ、やぁ、だめ、あぁぁ、んんあああ、また……っ、また、イッっちゃううぅぅ……っ」

由貴は再び絶頂を極めたようだ。

「は、はぁ、はぁああ、あぁぁぁ……」

嬌声を上げながら全身をぴーんと突っ張らせる。小さな爪先がきゅうっと丸まった。もはや我慢できず、誠は愛撫を中断すると夢中でズボンとブリーフを脱ぎ去った。

まだ震えている女の身体をベッドに押しつけ、折れそうな両足首をつかんで大きく左右に開いた。ぱっくりと慎ましい秘所が開いた。小さめの秘所は、意外に大陰唇が厚めだが、膣口はまだほころびきっていない。なのに、よじれた膣襞はひくひく淫らに開閉し、蜜を垂れ流して男を誘う。

「あん、やぁ、恥ずかし……っ」

誠の視線を秘所に感じたのか、由貴が髪の毛の生え際まで赤く染めて恥じらう。ほころんだ蜜口に亀頭を押し当て、ぬるぬると焦らすように擦った。

「俺が、欲しい？」

さっきまですっかり女のペースだったので、今度は自分の番だとばかりに誠はわざと意地悪い口調で言う。

「ほ、しい……」

上気した頬に玉のような汗を浮かべ、女がささやく。あんなに嬌声を上げていたのに、今は消え入りそうな声だ。このギャップがたまらない。

「え？　聞こえないな。ちゃんとお願いしなきゃ。お願い、得意だろ？」

「やぁ……ひどいわ……あぁん」

形勢が逆転したと悟ったのか、女が薄目を開けて誠を恨めしげに睨んだ。その表情に加虐的な気持ちが昂る。

「お願いしないと、挿れてやらない」

そうは言うものの、そろそろ誠の方も限界だ。これ以上彼女が恥じらうなら、

もう躊躇うことなく挿入してしまおうと思った。そのとき、

「お……願い……」

由貴がため息混じりに言う。

「もう、挿れて……お願い……ほしいの……おっきなお○んちん、ほしくて、もう、たまらないのぉ……」

少女のような薄い腰をくねらせて、女がねだる。尻を蠢かせると、こぽりと小さな音を立て、淫蜜が膣腔から溢れた。

「わかった」

誠は先端で花唇を探った。狭い。淫腔のとば口ですでに、亀頭が押し返されそうになる。そこを敢えて、一気にずぶりと押し入れた。

「はぁおぉおおん、んあぁあぁぁっっ」

女の小柄な身体が激しく波打ち、聞いたこともないような咆哮を上げた。

「──く、きつ──い」

根元まで深々と貫いた誠は、強い圧迫感に歯を食いしばる。亀頭の先端が隘路の終点まで辿り着き、子宮口を押し上げている。

「はぁう、あ、あ、ああ、あ、こんなの──」

由貴は目を剝き口を半開きにして、喘ぐ。全身ががくがく痙攣している。すでに一瞬で達してしまったらしい。濡れた唇の端からだらしなく涎が垂れ、呆けたような表情が壮絶だ。一瞬、このまま動いたら脆い彼女の身体を壊してしまうのではないか、と危惧する。

「動くよ——」

そろそろと腰を引き、亀頭の括れまで抜きそのままゆっくり押し込んだ。ぐぐっと押し戻される感じが、処女とやったらこんな風かな、と思わせる狭さだ。

「あ、あぁ、深い……あぁ、奥まで……」

女は涙目で喘ぐ。幾度か緩く抜き差しを繰り返したが、どうやら大丈夫だと思い、次第にリズムをつけて腰を穿っていく。

「ひ、あ、お、おっきいのぉ、あぁ、当たるぅ、子宮にあたるのぉ、ああ、お○んこ、すごいすごい、こんなの初めて……あぁこれが……これよぉ……」

由貴はうわ言のようにいやらしいセリフを繰り返し、ヨガり狂った。

彼女が声を上げるたび、きつい隘路がさらにきゅうっと収縮し、心地よいのだがあっという間に持っていかれそうで、そのスリリングさが堪らない。

「いい——奥さんのお○んこ、すごくきつくて、締まって——すごいよ」

誠は膝が本人の顔に着くくらいに女体を折り曲げ、ほぼ真上からぐいぐいと腰を繰り出した。

「ひ、あ、壊れ……あぁ、おかしくなっちゃう、あぁ、すごいすごいすごいぃ……」

由貴は身も世もないほどに乱れまくっている。もう数えきれないほどイッてしまったらしく、終いにはただひいひいと言葉にならない悲鳴を上げ続けてヨガった。

小さく軽い由貴の身体は、自由自在に体位を変えられる。

誠は思いついて、深く連結したまま彼女の身体を抱き抱え、ゆっくりと起き上がり、そのままベッドから下りた。

「あっ、きゃぁ、あ、やぁ、怖い……これ、怖い……っ」

軽々と宙に持ち上げられ、由貴が必死で男の首にしがみつく。

「どう？　こんなの、したことないでしょ？」

余裕ありげに言うが、実は誠も初めての体位だ。斜め上から突き上げると、女の違う性感帯を刺激するらしく、声色も変わる。

「ふぁ、あ、やぁ、なんだか……あぁ、変……と、飛んじゃいそう……あぁあ……」

誠の首に回した手の爪が、ギリギリ食い込んでくる。繋がったまま数歩進み、壁に由貴の背中を押し付け、腰を穿つ。どすんどすんと女体が壁に打ち当たり、隣室に聞こえそうな勢いだ。

「あ、あぁ、やだぁ、も……やぁ……やぁぁぁあぁっっ」

やだやだと叫びながらも、女の淫襞は淫らに収斂を繰り返す。愛液がだだ漏れで、あれほど狭隘だと思った膣腔の滑りが円滑になり、いつの間にかぴったりと馴染んでいる。

女の身体の適応力に、誠は感服する。

それと同時に、もう遠慮はいらないと思う。

「奥さん――手を離して――ゆっくり」

耳元でささやくと、由貴が虚ろな表情で言われるまま両腕の力を抜いた。誠は羽のように軽い彼女の身体を抱え、挿入したままぐるりと反転させた。

「きゃぁう、う、あ、掻き回しちゃ……っ、だめえぇっ……」

女が一瞬白目を剝く。

そのまま背後から立位の姿勢になる。

「ひ、あ、きゃあ、きゃ、あ、うぁあぁあ」

もはや由貴は誠に揺さぶられるまま、嬌声を上げ続けるだけだ。小さい身体はあまり勢いよく突くと倒れ込んでしまうので、壁に両手を突かせて思う存分抉《えぐ》った。小さな丸い尻が小気味好く揺れ、突き上げるたびに背中の貝殻骨がぴくぴくと動く。

「……ね、がい……も、もう、終わらせて……も、う、死んじゃう……死んじゃうぅうう……」

彼女が息も絶え絶えで懇願する。強過ぎる快感は、もはや苦痛らしい。

「いいよ、死んで――」

誠の快感もマックスに近づく。

片手を前に回し、由貴のクリトリスを探り当て、それを捏ねながら最後の仕上げに取りかかる。

「ううううんん、ぐぅんん、くはぁあぁあぁっ」

由貴は獣じみた叫び声を上げた。刹那、きゅんっと淫腔がきつく締まった。

「う――」

追いつめられた誠は、最後に女の身体が宙に浮くほど激しく腰を打ち付けた。

「あ、だめ、あ、だめぇぇええ、やぁああぁぁぁああっ」

誠の欲望が弾けた瞬間、シャアァーッと淫靡な水音がした。

生温かい液体が女の尿道から噴き出した。

「ううう、ああ、あぁ、あぁあぁあ……」

女が啜り泣くような声を出し、がくりと脱力する。感じすぎて漏らしてしまったのだ。

二人の結合部も床も、びしょしびょになる。小水の独特の香ばしい香りと、愛液の香りが混じって部屋の中が息苦しいほどだ。

「……やだ、やだやだぁ、恥ずかしい……こんなの……やぁ……」

まだ繋がったまま、由貴が消え入りそうな声を出す。

「お漏らしするほど、よかった?」

誠が息を弾ませながらささやくと、女がこくんとうなずいた。

「……こんなに、セックスって、気持ちいいんだ……」

誠の中に男としての自信と誇らしさが生まれる。

それと同時に、恥ずかしい姿を晒してくれた由貴に対して、情愛と感謝の念を感じた。

「乱暴にして、ごめん——バスルームに行こう」

ずるりと萎えた欲望を抜いた誠は、女をひょいと横抱きにする。

「あ、だめ……あなたも濡れちゃうわ……」

「俺のせいだから——かまうもんか」

愛液まみれの二人は、そのままバスルームへ移動した。

シャワーのコックをひねり、シャワーヘッドを持って心地好い湯を、抱いたままの由貴の全身にかけ、洗い流してやる。

濡れ髪が顔に張り付き、愉悦に酔った表情が美しい。

「……ありがとう……なんだか生まれ変わったよう……」

いつものウィスパーボイスに戻り、由貴が潤んだ目で見つめてくる。

「俺こそ」

シャワーを浴びながら、二人は啄むようなキスを繰り返した。


翌朝。日の昇った空にいわし雲が流れ、すっかり秋の気配が漂っていた。

深夜、由貴の部屋から帰った誠は、精も根も尽き果てて、昼過ぎまで眠りこけてしまった。

だるい身体にジャージを羽織り、コンビニに行こうとアパートを出ると、隣家の前で杏奈と志乃が立ち話をしていた。

誠は彼女たちと顔を合わせるのが気まずく、軽く会釈して立ち去ろうとした。

「あ、誠クン、昨日はバザー、お疲れ様ね」

杏奈が気さくに声をかけてくる。

「あ、はい」

「あの後さ、溝口さん一晩家出しちゃったんだって」

誠は表情を変えないように努めて、さりげなく答えた。

「え、そうなんですか?」

杏奈が秘密めかして言う。

「それがさ、今朝彼女が帰ってきたら、マンションの入り口で旦那さんが待ち受けていて――」

誠はどきんと心臓が跳ねる。夫が由貴になにか狼藉《ろうぜき》をはたらいたのか。

「彼女を見るなり、足元にひれ伏してわんわん男泣きしたんだって――俺を捨てないでくれって――」

杏奈がくすくす笑う。

「あんな偉そうにしてて、旦那さんてば結局、溝口さんにゾッコンなのよね。溝口さんが慰めて、二人、仲直りしたみたいよ」

誠はほっとすると同時に、なんとも複雑な気持ちになった。

一見頼りなげな弱々しい由貴にあんな淫蕩な欲望が潜み、傲慢な夫が実は妻に依存している。

男と女は不可思議だ。

まだ若い誠には理解いかないが、雨降って地固まる、ということなのか。

(俺はもしかしたら、由貴さんにいいように利用されたのかな——でも、楽しい経験だったし)

ぼんやり考え、ふと顔を上げると、志乃がじっとこちらを見ていた。

慌てて一礼してその場を立ち去ったが、背中に痛いほど彼女の視線を感じていた。

なぜかひどく後ろめたかった。

第五章　黒い喪服と白い肌

「それじゃあ卒論は、その方向で進めてくれ」

十一月の初旬、誠は三村教授の研究室で卒論の指導を受けていた。

「はい――よろしくお願いします」

一礼して辞去しようとすると、机に向かってパソコンを打ち込んでいた三村教授がさりげなく言った。

「そういえば、元助手の佐々木君ね、医療薬品会社に就職したみたいだよ」

「あ――そうなんですか」

真緒とのことを思い出し、少しどきどきしながら教授の顔色を探った。教授はちらりと肩越しに誠を見て、にこやかに言った。

「君も来年は就職活動だし、頑張ってね」

「は、はい」

研究室のドアを閉めてから、誠は教授は真緒と自分の仲を知っているのだろうか、と思った。真緒がしゃべったのだろうか。今でも色っぽい噂の絶えない三村教授だが、真緒には本気だったのかもしれない。

彼女は誠にとって初体験の相手である。ほのかな恋心も抱いたこともある。幸せでいて欲しいと思う。

と、LINEの着信音がした。

スマホを取り出してみると、杏奈からだ。彼女とは手を切って以来LINEが来たことはないので、なにごとかと思う。

『田中会長が急逝されました』

え？ と、文面を二度見する。田中夫人の夫が亡くなったというのだ。

『ついては、町内会でお葬式のお手伝いをすることになりました。できれば、窪塚クンもお通夜の受け付けとか、手伝って欲しい。田中さんにはお世話になったし』

確かに色々な意味で田中夫人にはお世話になった。

『わかりました。出来る限りのお手伝いはします』

レスしながら、ダークスーツなんか持っていないな、と思う。

「よかった、ちょうどサイズがぴったりで――」

志乃が姿見の前の誠を見て、ほっと息を吐いた。

ダークスーツの持ち合わせがなかった誠は、杏奈に誰かに借りることはできないかと打診してみたのだ。

杏奈の夫は肥満体でとても誠のサイズではなく、由貴の夫は長身過ぎる。結局、志乃の亡くなった夫の体格が誠くらいで、スーツを取ってあるということで、急遽借りることにした。

「すみません、お手数かけて――」

誠は恐縮する。

志乃の家に入るのは初めてで、ひどく緊張した。女の一人暮らしのせいか、物が少なくがらんとしている。同じ間取りの杏奈の家が、生活感に溢れているのとは、ずいぶん違う印象だ。

二階の奥の部屋のクローゼットの前で、少し防虫剤臭いダークスーツを出してもらい、試着した。少し肩の辺りがきついが、サイズに問題はなかった。

「夫の遺品は全部廃棄してしまったんだけど――喪服だけはなんだか捨てるのもはばかられて――でも、役に立ってよかったわ」

志乃が鏡の中の誠を見つめて言う。夫の面影をそこに見ているのだろうか。凝視されて、誠は落ち着かない。

咳払いして、スマホの画像を参考にしながら黒いネクタイを締めようとして、もたついてしまう。

「あれ――くそ」

高校は詰め襟の制服で、今まで一回もネクタイなど締めたことがなかった。

「こっち向いて――こう結ぶのよ」

志乃が近づいてきて、代わりにネクタイを締めてくれた。目の前に彼女の顔があり、緊張する。結び終わった彼女が軽くぽん、と肩を叩いた。

「さあ出来た。スーツ着ると、なんだか大人っぽいわね」

誠はどぎまぎして顔を赤らめた。

「私も着替えるわ。少し待っていてくれたら、一緒に田中さんのお宅に伺うけど――」

「あ、じゃお待ちします」

志乃がうなずいて襖で仕切ってある隣室へ消えた。ぼんやり部屋に佇んでいると、しゅっしゅっというかすかな衣擦れの音が隣室から聞こえてきた。

（今彼女が着替えているんだ――）

そう思うだけでよこしまな気持ちが生まれてくる。これから通夜なんだぞ、と自分を叱る。

ほどなくして襖が開き、

「お待たせ――行きましょうか」

と、志乃が現れた。

「あ――」

思わず声が漏れた。

志乃は和装の喪服姿だったのだ。

漆黒の着物が、しっとりした彼女の雰囲気にぴったりで、いつもよりいっそう美しい。つややかな黒髪はアップに結い上げてあり、すんなりした首筋が露わになっている。

「久しぶりで着物着たから――なんかヘンかしら？」

彼女が心もとなげに聞いてきたので、誠は慌てて首を振る。

「いえ、全然。よ、よく似合ってて、き、綺麗です」

口ごもりながら答えると、志乃が苦笑いする。

「喪服を誉められても、困るわ」

疎遠になっていた志乃と、曲がりなりにもこうして会話することが出来て、誠は気持ちが浮き立つのを止められない。

志乃とともに田中夫人の屋敷に辿り着くと、かつてここで淫らなことをした記憶が頭をめぐった。

大きな屋敷の前庭には鯨幕が張り巡らされ、喪服の人々が大勢弔問に訪れていた。受け付けにいた杏奈が誠たちを見つけ、そっと手招きした。

「先に、夫人にご挨拶してきて、その後、こちらを手伝ってちょうだい」

志乃に促されて彼女の後から、屋敷に入る。

以前ここを訪れて、その豪勢さに目を奪われたが、今日はなにもかも空気すら暗く淀んでいるようだ。

通夜席の田中夫人は悄然とうなだれ、二人の挨拶にも上の空だ。ふくよかな彼女が憔悴しきっているのが、痛ましかった。

そそくさと挨拶をすませ受け付けまで戻ると、杏奈が待ち受けていた。

「誠クンと志乃さん、午後七時頃までここをお願いします。その後、婦人会の人たちが交代してくれるから。私は弔問客にお茶出しするわ」

「わかったわ、杏奈さん」

志乃がうなずくと、杏奈が去り際に声を潜めて、

「脳梗塞であっという間に亡くなられたそうよ。朝には元気で会社に行ったんだって。昼過ぎにばったり倒れて、そのまま――」

「まあ――」

志乃の声は悲痛だった。

誠は志乃と並んで、弔問客の受け付けをしながら、ちらちらと彼女の横顔を盗み見た。

彼女はてきぱきと動いていたが、顔色はひどく青ざめていた。

彼女も夫に先立たれている。

人一倍田中夫人の哀しみを理解しているのだろう。

町の名士だけあり、弔問客は引きも切らない。交代の人たちが来たときには、慣れない受け付け仕事に、誠はくたくただった。

「沢木さ――」

隣の志乃に声をかけようとすると、突然彼女の身体がふらりと前のめりになった。

「あっ」

誠はとっさに彼女の身体を支えた。

顔から血の気が引いている。貧血を起こしたらしい。

「だ……大丈夫……ちょっと、目眩がして……」

誠の腕にぐったりと身をもたせかけて、志乃がか細い声を出した。

「いったん、家に帰って休んだ方がいいですよ」

誠の言葉に、志乃は素直にうなずいた。

彼女を支えるようにして、帰途についた。彼女の家まで送り、

「お大事に」

と、声をかけて出ていこうとした。ばたん、と鈍い音がして、志乃が玄関の三《た》和土《たき》に倒れた。

「沢木さん！」

驚いて抱き起こすと、志乃が苦しそうに息を弾ませてささやいた。

「ご、ごめんなさい……ソファまで、連れていってくれる？」

誠はどうしようかと迷ったが、思い切って志乃を横抱きにした。ぐったりした身体は意外に重い。力を振り絞って、ダイニングまで彼女を運んだ。ソファに横たわらせ、キッチンに行った。流しに洗い上げてあった湯飲みに水を汲み、ソファに戻り彼女の背中をそっと支えた。

「お水です」

志乃は誠の差し出した湯飲みに口をつけ、こくこくと咽喉を鳴らして飲み干した。

「ふー……っ」

少し落ち着いたのか、深いため息をついた。

「医者、呼びますか？」

気遣わしげに言うと、彼女が軽く首を振った。

「もう大丈夫。お葬式って、ほんとはちょっと苦手なの。気分が悪くなっちゃって……ごめんなさいね」

「いえ」

紙のように白かった彼女の頬に、うっすら赤みがさしてきた。誠はほっとした。

「——田中さん、すごくやつれててお気の毒だったわ」

志乃はうつむいている。

「大事な旦那さんを突然亡くすって、ものすごいショックでしょうね」

彼女の気持ちも汲んだつもりで言う。すると志乃は白い顔をこちらに向け、固い声を出す。

「そうかもね――私にはわからないけれど」

「え――？」

怪訝な顔で口をつぐんだ誠に、志乃が無表情で言う。

「私の夫は、車の交通事故で愛人と一緒に死んだの」

言葉の意味が頭に染み込むまで、数秒かかった。

「それ――」

志乃は堰《せき》を切ったように続ける。

「ここ数年は、愛人に入り浸りで家にろくに帰ってこなかった。この家ね――私と離婚して愛人と暮らすために、夫が密かに手続きしてたのよ。二人してこの家を見学に来て、その帰り道に事故に巻き込まれたの。葬式の席で全てがわかって、私、愕然としたわ」

学生の誠には、まったく想像のつかない赤裸々な夫婦の事情だった。

志乃の目は誠を通り越して、その向こうの亡き夫に向けられているようだった。

そういえば、自分は彼女の夫のスーツを着ているのだ。

「私、二人がここでどういう生活をするつもりだったのか知りたくて、引っ越してきたの。ダイニングで、寝室で、バスルームで、二人がセックスする場面を何度も思い浮かべたわ」

ソファの横で膝を突いていた誠は、もじもじと身体を動かした。志乃の口から「セックス」などという言葉が飛び出し、血が騒いでいたたまれない。

「あの——俺、もうおいとましますから」

立ち上がろうとすると、志乃がさっと袖を引いた。

「ね、見てくれない」

「え？」

見上げてくる志乃の表情に、見たこともない妖艶な艶が宿っている。結い上げた髪が少しほつれて額にまとわりついているのが、異様にそそる。

「いいから、見て」

志乃はゆっくりとソファから身を起こすと、膝を立てて着物のまま両脚を大きく開いた。肉付きのよいふくらはぎから、足袋を履いた足首へ急激に細くなる足のラインが艶かしい。

「っ――」

漆黒の前袷《まえあわせ》が割れ、真っ白い襦袢がのぞき、それよりなお白い太腿が露わになった。以前、うたた寝をしていた志乃を覗き見したときと同じ、むっちりと肉付きのよい太腿――そして、下履きをつけていない下腹部が――。青白い太腿の狭間に、黒々と恥毛が茂っている。慎ましく絞り込まれた後孔まで丸見えだ。

誠は息を詰めて凝視した。

志乃はまっすぐこちらを見つめたまま、両手で股間を弄った。細い指が陰毛に潜り込み、ゆっくり花唇を寛げる。

「あ――」

鮮紅色の媚肉が露わになる。ふっくら盛り上がった大陰唇が左右対称にぱっくり開くと、南国の花を思わせる可憐な小陰唇が剝き出しになる。小さな尿道口と秘裂の上部に佇む少し膨れたクリトリス。

志乃の呼吸が荒くなり、その息づかいに合わせて閉じた膣口がひくひく蠢く。

「見たかったのでしょう？」

女の声は密やかだがはっきり耳に届いた。

「え？」

「いつも、私を覗いていたでしょう？」

「！」

誠の全身の血がさーっと音を立てて引いていく。では彼女はずっと気がついていたのだ。キッチンの窓から隣の志乃を覗き見しては、オナニーに耽っていたことも知っていた——？

「もう、見られているだけじゃ、イヤなの」

志乃の言葉に意味が頭に入ってこない。ぼうっと身動きもできずにいると、少し焦れたような声を出す。

「触って」

とたんに股間が燃え上がるように熱くなった。誠は思わず女の股間に手を伸ばした。一番想っていたものが、あまりにもあっさりと目の前に現れてしまい、指先が緊張でかすかに震えている。

そろりと開いた花びらを指でなぞる。ぬるぬる指先が愛液で滑った。

「あっ……っ」

志乃が甘いため息を漏らす。誠は息を詰めて陰唇を上下に擦り、ゆっくりと膣口の中に人差し指を押し込んだ。きゅっと粘膜が窄まり、指を締めてくる。

「んんっ」

志乃が声を噛み殺した。自分で誘っておきながら恥じらう感じが、ぐっとくる。

「沢木さんのココ、狭い——」

誠はゆるゆると抜き差ししながら、徐々に深く指を沈めていく。

「や……ん、んん……」

感じ始めたのか、陰唇を抑えていた両手が緩まり離れそうになる。

「ダメだよ、しっかり自分で開いてて。いい？」

少し強く言うと、ほっそりした白い指が再びぎゅっと恥裂を抑えた。

関節の根元まで指を潜らせ、くちゅくちゅと肉腔を擦る。そうしながら、片方の手で小豆大のクリトリスにそっと触れる。

「っ、あ、あっ」

びくんと女の腰が跳ねた。

「可愛いクリトリスだね」

誠は指の腹で陰核を小刻みに揺さぶった。

「ひ、や、あ……あぁう」

　抑え気味だった志乃の声が尻上がりに昂ってくる。鋭敏なクリトリスを刺激され、膣襞の蠢きがせわしなくなる。とろりと熱い愛液が溢れ出てきた。

「やぁ、あ、だめ、あ、だめ……っ」

　女の呼吸がせわしなくなり、内腿が小刻みに震える。指を二本に増やし、夥しく濡れた淫襞の中にぐっと押し込み、ざらざらした天井部分を擦り立てると、志乃は歯を食いしばって仰け反った。

「ぐ、ふ、ぅ、ううっ、ぅ……」

「そんなに我慢しなくていいよ──好きなだけ声を出して」

　感じまくっているのに嬌声を抑えようとする彼女が健気で、恥じらいを奪ってしまおうと、さらにクリトリスをころころと指の腹で転がす。

「あ、だめ、そこだめ、あぁ、あっ、あっ」

　遂に志乃は悲鳴を上げ、骨盤を突き出すようにして腰を引き攣らせて喘いだ。

　誠は指技を続けながら、そっと彼女の表情を窺う。

　ほつれた長い黒髪が汗ばんだ白い額に張り付き、長い睫毛を伏せた目元が陶酔していて、色っぽさがぐんと増している。紅い唇が半開きになり、はあはあと荒い呼吸と艶かしい嬌声が吐き出される。

「ああ、志乃さん——っ」

込み上げる恋情と欲望に、誠は女の名前をつぶやくや否や、秘所に顔を埋めていた。

「ひぃぃ、い、あぁ、そんな……だめぇ……っ」

ぶちゅっと濡れそぼった秘裂を吸い上げると、女が感極まった声を上げた。彼女の愛液はほとんど無味だった。その清冽な愛汁を啜り上げ、舌先を膣口に押し込んでぐちゅぐちゅ掻き回すと、むっと濃厚な欲望の香りが立ち上った。

「ああ、美味しい——志乃さんのお○んこ、美味しいよ」

誠は夢中になってクンニリングスを続ける。開ききった陰唇からひくつくアナルまで丁重に舐め回し、充血したクリトリスを口腔に含み舌の腹でこそぐように愛撫した。

「やぁ、あ、い、あぁ、いい、いいの……ぉ」

志乃は背中をソファの背もたれに押し付けて身悶え、頭を大きく左右に振る。結い上げた黒髪がざんばらに乱れていく。

「いいの？　気持ちいいの？」

愛液と唾液で顔じゅうべとべとさせて、誠は尋ねる。

「い、いい、いい、感じる……すごく……」

女は火照った顔をかくかくとうなずかせた。

(ああ——志乃さんがこんなに乱れて)

誠は感動のあまり胸が痛くなる。うっとりして、さらにぴちゃぴちゃ淫猥な音を立てて尖りきったクリトリスを舐めしゃぶった。

「あくぅ、そこ、そこぉ、だめ、あぁ、だめぇっ」

腰が淫らにうねり、びくびく小刻みに震え出す。絶頂が近いのだ。

誠は肉腔に押し入れた指をくの字に曲げ陰核の裏側をぐりぐり抉り、クリトリスを甘噛みした。

とたんに志乃が絶叫した。

「ひぅ、う、あ、だめ、出る……ぅ、ぁあああっ」

熱い飛沫《しぶき》が秘腔から噴き出し、誠の顔面をびっしょり濡らした。かまわず膣内をさらに掻き回すと、再びぴゅっぴゅっと断続的に噴き出した。

(潮を噴いた——)

感激のあまり少し塩気のある液体を、くまなく舐めとってしまう。

「は……ぁ、や……私……ったらぁ」

志乃は声を震わせ、びくびくと太腿を痙攣させた。

彼女の股間から顔を上げると、達した直後の淫らな表情を堪能する。

肌理《きめ》の細かい肌が上気し、目尻に歓喜の涙を溜め、形のよい唇がだらしなく開いて唾液の糸が引いている。

(イッちゃったんだ——)

涙ぐみそうなほど感動する。それと同時に、自分のペニスが限界以上に屹立して強ばっているのを感じた。

「……ぁ、あ、嬉しい……窪塚さん……私……こんな……」

ゆっくりと快感の頂から下りてきた女が、濡れた目で見つめてくる。そんな妖艶な眼差しで見られては、もはや我慢も限界だった。

素早く立ち上がると、ズボンとブリーフを一気に引き下ろした。ぶんと音が出そうなほどの勢いで、反り返ったペニスが飛び出る。

「志乃さん」

ソファに押し倒すようにのしかかる。

「ぁ……ん」

抵抗はなかった。喪服の胸元の合わせ目に手をかけ、乱暴に引っ張ると華奢な肩が剝き出しになった。真珠の光沢を放つその肌に熱い唇を押し付ける。

「あぁ、待って……」

志乃がもどかし気に帯留めと帯紐を外し、しゅるっと帯を緩める。喪服がはだけ、盛り上がった乳房がぷるんと飛び出した。目にも眩しい真っ白な乳房に、夢中で手を這わせた。

「柔らかい――」

しっとりした肌は掌に吸い付くようで、焼きたてのパンのように柔らかで指の間で蕩けてしまいそうだ。捏ねくり回しながら頬ずりすると、甘酸っぱい体臭が鼻腔を擽る。両手で乳房を寄せ上げて、紅く尖った乳首に吸い付く。凝った乳首は、こりこりしていた。

「ん、あ……あぁ……」

志乃が喘いで白い喉を仰け反らせた。秘部を弄られたときとはまた違う堪えるような反応に、下腹部がじんじんするほど興奮する。

大振りの乳房は手の中で自在に形を変え、芯が通った乳首は舌先でつつくとぴくんと震える。

「ふぁ、あ、や、だめ、そんなに舐めちゃ……あぁん」

乳首が感じやすいのか、舌をひらめかすたびに全身がくねくねと悶える。誠の獣欲があおられ、滑らかな乳丘を何度も吸い上げて淫らな紅い花びらを散らす。はだけた漆黒の着物に透けるほど白い肌、そこに散る紅蓮《ぐれん》のキスマークがくらくらするほど美しく淫靡だ。

欲しい、めちゃくちゃにしたい、食らいつくしたい——。

暴力的な欲望が全身を煽る。

「志乃さん、挿れるよ、いい？」

彼女の股間にぐりぐりと屹立を擦り付ける。先走り汁が溢れて、女の太腿がぬるぬるになる。

「ええ……挿れて、お願い……」

志乃が自足をM字型に大きく開き、下腹部を突き出してくる。

誠はいきり立つイチモツの根元を片手で支え、熱く熟れた蜜口にあてがった。

「はぁ、熱い……っ」

先端が軽く陰唇を擦っただけで、志乃はあられもない声を上げる。触れ合う粘膜の熱さに、誠もぶるりと武者震いする。

「いくよ——」

声をかけると、膨れた亀頭でぐぐっと膣口を押し開いた。

「あ、あ、あっ、入って、くるぅ……っ」

志乃が背中を仰け反らせ、艶かしい声を上げる。

長いことセックスをしていないせいなのか志乃の膣腔は狭く、腰に力を込め、せめぎあう濡れ襞を掻き分けて進んだ。

「あ——入る、入るよ」

ついに憧れの人妻とひとつになった——誠は感激のあまりそのまま達してしまうところだった。あやうくぐっと奥歯を噛み締め、吐精感に堪えながら肉胴を根元まで突き入れた。

「ふあ、あ、奥まで……あぁ、深い……」

「志乃さん——全部ずっぽり入ったよ」

牡の漲りを全て女の中に収め、誠はしみじみとその感触を味わった。

彼女の淫襞は呼吸するようにひくひくと繊細な収縮を繰り返しては、肉茎をやんわりと締めつけてくる。その絶妙な感触に甘美な愉悦が全身に広がっていく。

「ああ……嬉しいわ……いっぱいに入ってる」

志乃の両手が誠の背中に回される。

「お願い……うんと突いて…お○んこの中、掻き回して……」

彼女は誠の耳元に顔を寄せ、密やかなため息とともにささやいた。

清楚な人妻の口から紡ぎ出された卑猥なセリフに、誠の昂りは最高潮に押し上げられる。

おもむろに腰を引き、雁首のくびれぎりぎりまで引き抜くと、全力で根元まで貫いた。

「ひはぁ、あ、あぁっ」

志乃が甲高い嬌声を上げ、全身をびくつくかせた。誠は勢いに任せ、力強く媚肉を抉っていく。

「あうぅ、あ、すご……奥に当たって、あぁ、だめ、あああぁん」

濡れた瞳を見開いて、女ははあはあと息を荒らがせた。いつもの少し抑えめの声も色っぽくていいが、感じ入って甲高くなったヨガリ声も最高に心地好い。

「ああ――志乃さんの中、すごくいいよ」

誠はがつがつと腰を打ち付けながら、呻いた。

押し入ればぐっと中に引き込み、抜き出せば吸い付くように引き戻す濡れ襞の感触が、堪らない。

「あ、響くのぉ、奥が……あぁ、痺れて……っ」

志乃の表情はすっかり蕩けきり、白い額にきゅっと眉根を寄せて乱れる顔が退廃的で美しい。

「感じてる？　気持ちいいの？　いい？」

腰を押し回すように捩じ込むと、びくびくと志乃の身体が跳ねた。

「はぁあ、そこ、だめ、あ、強く、しないで……っ」

クリトリスの裏側のざらりとした部分が、性感帯らしい。そこをめがけて集中的に腰を突き上げると、志乃の啜り泣きが悲鳴のように甲高くなる。

「あ、だめだって……あぁ、なんだか……おかしく……あぁ、やぁあっ」

感じ入り過ぎたのか、志乃の身体が思わず逃げ腰になった。

「ダメだ、もっとおかしくならなきゃ」

もはや帯は申し訳程度に巻き付いているだけの細腰を引きつけ、片脚を肩に担ぐ体位になる。そうすると、結合部分が誠から丸見えになった。

目一杯開いた紅い膣口に、愛液で濡れ光る剛直が淫らに出入りする様を見ると、頭がぼうっとするほど興奮した。

「そら、俺のお○んちんがぐちゃぐちゃに入ってるよ」

「やあぁん、見ないで……こんな格好……だめぇっ」

恥辱で女が生え際まで血を昇らせて、いやいやと首を振る。

(ああ、なんていやらしいんだ——もっともっと乱れさせたい)

誠は深く挿入したまま、片手を伸ばして膨れ上がったクリトリスを指で擦ってやる。とたんに、志乃が全身をのたうたせて嬌声を上げる。じゅわっと大量の愛液が溢れた。

「ひぅう、やあぁぁ、だめ、そこ、弄っちゃ……あぁ、も、イク、あ、だめ、イッちゃう、あぁ、イクっ」

ソファに爪を立て、頭から爪先まで女の身体が強ばる。媚肉が激しく収斂を繰り返し、誠の方が先に持っていかれそうになる。必死で堪え、女を先に追いやる。

一心不乱に腰を穿ち、小刻みに指でクリトリスを刺激した。

「あぁああ、イクイク、イクぅ、イクぅ、うううぅぅっ」

ヨガリ声が長く尾を引き、女が達した。と悟った瞬間、誠も欲望を解き放つ。

「っ——く——」

脳裏に激しく火花が散り、どくどくと大量の白濁が噴き上がった。

自分でも驚くほどの長い射精だった。何度も腰を小刻みに打ち付け、最後の一滴まで女の最奥にぶちまける。

「あ、熱い……あぁ、灼ける……ぅぅうっ」

ぶるぶると内腿を痙攣させ、志乃ががくりとソファに崩れた。彼女の上に折り重なるように、誠も脱力する。

「は……はぁ、は……あぁ……は……」

汗ばんだ女のうなじに顔を押しつけ、誠は最高の愉悦を噛み締めた。


「こんなに……気持ちいいなんて……」

志乃がぽつりとつぶやく。

呼吸が治まってきても、まだ二人は繋がったまま重なっていた。

「――旦那さんとのセックス、よくなかったの?」

一度身体を繋げてしまった気安さから、ついそんなことを聞いてしまった。言ってからまずいことを口走ったかな、と思ったが、志乃は薄く微笑んで答えた。

「よいも悪いも……ほとんどしなかったから……」

誠の中に理不尽な怒りが湧く。

「こんなに綺麗で、素敵な身体をしてるのに――俺なら絶対ほっとかない。毎日毎日舐めるように愛しちゃうのに」

志乃が濡れた瞳でこちらを振り返る。

「ふふ、窪塚クンは優しいのね……私、あなたのこと、好きだわ」

鼻と鼻が付き合うほど間近で言われて、心臓が跳ね上がり耳朶まで真っ赤になってしまう。考えてみれば、女性から「好き」と言われた経験は、これが初めてだった。

そっと身体を離す。愛液と精液でどろどろになった陰茎が抜けると、志乃がかすかに「あぁん」と、声を漏らした。

誠はソファに座り直し、真摯な声で言った。

「俺、ずっと志乃さんのこと、好きでした——あこがれてました」

女がゆったりと身を起こした。喪服がだらしなくはだけ、髪も化粧も乱れ、別人のように猥《みだ》りがましい。

「嬉しいわ——こういう気持ち、ずいぶん忘れていたみたい」

彼女がそっと誠の股間に手をのばしてきた。しっとりした指が、萎えた肉胴を包む。

「今度は、私にさせてね」

軽く扱きながら濡れた目で見上げる。上半身を折り曲げ、誠の股間に顔を寄せてきた。先端にそっと唇を押し付けてから、恥ずかしそうにつぶやく。

「あんまり、したことないから……上手じゃないかもしれない」

「そんな——してもらえるだけで、俺——」

憧れの志乃がフェラチオをしてくれる——それだけで動悸が激しくなり、誠のペニスに力が漲ってくる。

「ん……」

柔かに濡れた唇が、そっと先端を含んだ。雁首の括れまで咥えて、舌先でちろちろと鈴口を刺激してくる。ちゅっと音を立てて、尿道口から溢れる先走りを啜ってくれた。

「ふ、んぅ……」

志乃の漏らす甘いため息が、股間を擽る。もはや欲望は彼女の口腔愛撫を待つまでもなく、むくむくと隆起していく。

「むぅ……おっきい……」

女がもごもごと言う。そのまま口を目一杯開き、太茎をゆっくり咽喉奥に呑み込んでいく。

「あ──気持ちいい」

柔らかい唇で根元を締めつけられ、熱くぬるつく口蓋が肉胴を擦ると、あまりの快美感に、思わず声が出た。

肉棹全体をすっぽり呑み込むと、舌が蠢いて裏筋をなぞる。背中がぞくぞくするほど感じてしまう。

「……ん、んぅ、んんっ……」

志乃がおもむろに頭を上下に振り立てた。唾液にまみれた肉茎を時に優しく時に強く吸引していく。

「あ、いい、志乃さん──」

感極まった誠は両手を彼女の艶やかな髪に潜り込ませ、くしゃくしゃに撫で回した。確かに遊び慣れていた杏奈や田中夫人のフェラチオと比べれば、技巧にたけているというわけではない。

だが逆にその初々しい舌の動きが、自分だけが特別だという誇らしさで胸をいっぱいにし、この上なく心地好くなる。

「んふぅ、ん、は、ふはぁ……」

慣れないフェラチオに彼女が苦しげに呻くのも堪らない。じわじわ快感が迫り上がってくる。気を緩めるとあっと言う間に彼女の口腔へ射精してしまいそうになり、誠は慌てて彼女の頭を押しとどめた。どうせ終わるなら、やはり志乃の中で一緒に果てたい。

「もう、終わっちゃいそうだ――ね、一緒にイコう」

志乃が息を弾ませ、上気した顔を上げる。口の周りが唾液でぬらぬら光り、淫猥で美しい。

誠はゆっくりソファに仰向けになった。

「上に乗って――今度は志乃さんが好きに動いて」

「……なんだか、恥ずかしい」

その恥じらう様がじんとくる。羞恥心と欲望がせめぎあっている表情が、この上なくそそる。自分のペニスの根元を支え、軽く振って誘う。

「ほら、早く――志乃さんが欲しくてびんびんなんだから」

「……うん」

こくりとうなずくと、彼女はゆっくり身を起こし、誠の上に跨がってきた。先走り液と唾液に濡れた先端に、熱い蜜口を押し当てると、一旦動きを止める。

「あの――上になったこと、なくて……好きに動いていいの？」

誠は胸がきゅんとなる。人妻だったのに、このこなれていない感じが愛おしい。それと同時に、こんないい女をないがしろにしていた亡き夫に怒りを覚えた。

「いいよ、志乃さんが気持ちよくなるように動けば」

「ん……」

女がそろそろと腰を沈める。達した後のほころびきった花唇が、つるんと亀頭を呑み込む。

「ぁ……」

びくんと志乃の腰が震える。そのまま体重をかけて、ぬるぬると肉胴を受け入れていく。

「あ、あ、ぁ、入って……くるぅ、あぁ……」

彼女は誠の胸に両手を着いて身体を支える。柔らかな尻が密着し、全てを呑み込んでしまう。

「ふ、ぁあ、あ、深い……」

女が仰け反って喘いだ。動かなくても、彼女が大きく呼吸するたびに媚肉が収縮し、剛直を気持ち好く刺激してくる。

下から見上げると、はだけた喪服からはみ出したまろやかな乳房が誘うように小刻みに揺れている。両手を伸ばしてむにゅっと乳房を摑み上げる。

「ほら、動いて」

「あん、ん、んぅ……っ」

志乃がおもむろに腰を引き上げ、また沈めた。それを繰り返す。真下から突き上げられると、深いところの性感帯を刺激するらしく、腰が誠の股間に打ち当たるたび、身を捩り、

「はぁ、あ、当たる、当たるのぉ……」

と、せつない声を上げる。堪らなくなった誠が、志乃の動きに合わせて下から腰を突き上げてやると、嬌声が尻上がりに昂っていく。

「く、あ、だめ、……あぁ、痺れて……あぁ、ぁあん」

粘膜の打ち当たるぐちゃっぐちゃっという卑猥な音が部屋に響き渡る。新たな愛液がたらたらと滴り、互いの接合部をびしょびしょにする。

「気持ちいい？　志乃さん、感じる？」

尖った乳首を捻り上げ、力を込めて腰を突き上げる。すると、志乃があられもなく乱れた。

「ひ、あ、すご……、き、持ち、いい、ああ、んぅあん」

初めのうちは遠慮がちだった腰の動きが、どんどん縦横無尽になる。特にいったん腰を沈めてからずりずりと前後に動くのが気持ち好いようで、何度もそれを繰り返し、狂おしく身悶える。そのたびに膣内の奥がきゅーっときつく締まり、誠の全身にめくるめく快感が駆け巡る。

「あ、締まる——いい、志乃さんのお○んこ、最高に、いい」

「やあ、言わないで、恥ずかしい……あぁ、あああぁん」

口では羞恥を訴えながら、腰は淫らに蠢いて止まらない。やがて女が髪を振り乱して、大きく仰け反った。

「やぁあ、も、だめ、イキそ……あぁ、イクのぉぉ」

ほぼ同時に、誠の絶頂も迫った。

「俺も——一緒に——一緒にイコう……っ」

すばやく女の腰を抱え、がくがくと激しく揺さぶってやる。

「あ、あっ、ダメっ、あぁ、イクぅっ」

甲高いヨガリ声を上げ、志乃が全身を痙攣させた。誠は目も眩むようなエクスタシーの中、どくんどくんと熱い精を子宮口めがけて迸《ほとばし》らせた。

「あぁん、あぁあぁ、あああぁぁあっ」

膣襞がせわしなく収斂を繰り返し、貪欲に男の欲望を搾り取る。

「は——」

快感の波がゆっくり引いていく。

「ふ、はぁ、はっ……はぁ……」

汗ばんだ女体がぐったりと誠の上にもたれかかってくる。その熱い身体をそっと両手で抱え、愉悦の余韻を噛み締める。

「……すごく、感じちゃった……恥ずかしい……」

誠の耳元で、志乃が掠れた声を出す。

「素敵でしたよ——」

誠は桜貝のような耳朶や熱をもった頰に、優しくキスを繰り返す。

まだ膣襞が名残惜しげにきゅっきゅっと引き締まり、精を出し尽くしたペニスを揺さぶる。

「好きです」

なんのてらいもなく、素直に愛を告げる。

「嬉しい——」

女の声が震える。

燃えるように熱い頬に押し当てていた唇を、そっと彼女のそれに重ねる。

「ん……」

二人はしっとりと唇を合わせ、気怠い身体をいつまでも重ねていた。

エピローグ

四月初旬。

東京にあるR製薬会社の本社で、本年度の新入社員の入社式が執り行われていた。

本社の広いホールには、真新しいスーツに身を包んだ新卒の男女が、ずらりと整列して座っている。

その中に、誠の姿もあった。

卒論もなんとか通り、数多の会社にエントリーし、就職活動にいそしんだ。

そして、今日。

無事に志望する会社に入ることができたのだ。

(今日から社会人か——)

成人式のときより、今の方が格段に大人になったという感慨が深い。

(大学時代は、いろいろあったな)

社長の祝辞を聞きながら、誠はぼんやりと来し方を思い出していた。


志乃とは、その後半年ほど関係を持った。

日ごとに彼女への恋情は深まった。志乃も同じように思いを返してくれた。

奥手の誠にとっては、初めての恋の成就だった。

だが、やがて誠の就職活動が始まると、志乃の方から別れを切り出してきたのだ。

「誠クンは、もうすぐ社会人になって世の中に飛び出していくの。いつまでも私みたいなおばさんに関わっていちゃ、ダメ」

「おばさんなんて——志乃さんは、若くて綺麗じゃないか」

誠は必死になって別れたくないと懇願した。

だが志乃は、涙ぐみながらもがんとして譲らなかった。

「あなたは社会に出れば、いずれふさわしい若い恋人と出会うわ。そのとき、私はあなたに捨てられる。惨めな思いをしたくないの」

誠は決然と言い放った。

「志乃さんを捨てるなんて、あり得ないよ」

志乃は悲しげに首を振る。

「それはそれで、やっぱりだめ。この関係をいつまでも続けていては、互いに前に進めないもの」

そして、最後に志乃は決定的な事実を告白した。

「あの家、売りに出すの。私、秋田の実家へ戻ろうと思う。そこから、新しく人生をやり直すの」

誠は愕然とした。言葉を失っている彼に、志乃がこの上なく心のこもった声で言う。

「今までありがとう誠クン。私、女としてものすごく幸せだったわ。あなたに出会えてよかった」

(いい女だったな、志乃さん)

彼女に去られて、いっときは食事も咽喉を通らないほど落ち込んだ。

そんな彼を、杏奈や田中夫人は、差し入れをしてくれたり町内会のボランティに呼んでくれたり、なにくれとなく気遣ってくれた。

Ｒ製薬会社には、田中夫人のつてとは関係無く、自力で入社した。後日、婦人に就職が決まったことを報告すると、驚きつつも祝福してくれた。

（みんな――いい奥さんたちばかりだった――）

就職すると同時に、誠は会社の近くの都心に、新しくアパートを探した。

自分も一から、新たに踏み出そうと思ったのだ。


式が終了し、誠はロビーの出口の受け付けに、所属の部の説明書と真新しいＩＤカードを受け取りに行った。

「営業部の、窪塚誠です」

受け付けの机の前で名乗ると、ＩＤカードを配っていた女性社員がはっと顔を上げた。

「窪塚君？」

誠は聞き覚えのある声に、まじまじとその女性を見た。

「さ、佐々木さん？」

佐々木真緒だった。

知的な銀縁眼鏡をくいっと押し上げ、彼女がにこりと微笑んだ。前より少しほっそりし、髪は肩までの長さの柔らかな栗色に染められ、グレイのスーツがよく似合って、すっかり女っぽくなっていた。

「窪塚君、うちの会社に入ったんだ。わあ、おめでとう！」

「あ、ありがとうございます」

少し緊張して答えると、真緒が悪戯っぽくウインクした。

「明日から営業マンね。私が先輩ってことになるのね、よろしく、新卒クン」

誠はとくんと心臓が高鳴るのを感じた。胸の中に、新しいときめきの予感が渦巻く。

「はい、よろしくお願いします。先輩！」

直立し、深々と頭を下げて挨拶する。

そのとき初めて、自分が大人になったのだとしみじみ実感したのだった。

＊この作品は、書き下ろしです。また、文中に登場する団体、個人、行為などは実在のものとはいっさい関係ありません。

二見文庫

隣《となり》のとろける未亡人《みぼうじん》

著者　渡辺《わたなべ》やよい

発行所　株式会社 二見書房
東京都千代田区三崎町2-18-11
電話 03(3515)2311［営業］
03(3515)2313［編集］
振替 00170-4-2639

印刷　株式会社 堀内印刷所
製本　株式会社 村上製本所

落丁・乱丁本はお取り替えいたします。
定価は、カバーに表示してあります。

ISBN978-4-576-15148-9
http://www.futami.co.jp/

二見文庫の既刊本

いかせてあげます

WATANABE, Yayoi

渡辺やよい

寝たきりの祖父の寝室では、世話をしてくれている家政婦が祖父の顔の上にまたがって腰を細かく動かしていた。それを目撃した童貞の翔太は……。雇い主の命令なら「承知いたしました」と従順に応じる家政婦・良美が、淫ら心に支配された男たちの股間を満足させる——「特選小説」誌読者アンケートで常に上位疾走中の超人気短編集!!